おかえり、めだか荘

Okaeri, Medakasou
Rie Kitahara

北原里英

角川書店

おかえり、めだか荘

目次

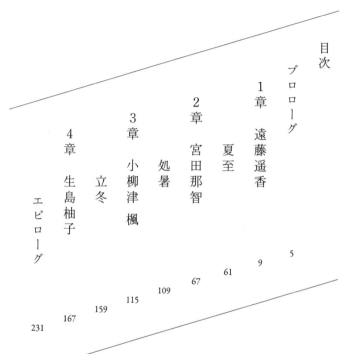

プロローグ

「すみません、リビングに降りてきてもらえますか」

この家の壁は薄い。住み始めた当初は仕事先の相手に電話で気を遣いながら話す声や、何度も繰り返されるシェイクスピアを思わせるロマンチックな台詞《せりふ》が、昼夜関係なく隣から聞こえてきて、頭を悩ましたものだ。

だけど人間というのは便利なもので、どんな環境にも慣れる。この家に約1年住めば、この壁の薄さにもすっかり慣れて、お互いの生活音などを全く気にしなくなった。今では隣の部屋から聞こえてくるつかこうへいを思わせる熱い台詞や延々繰り返される上司の愚痴を、華麗にシャットダウンすることに成功している。

ただ人間というのは便利なだけではなく不思議なもので、いつもと違う匂い、空気、風、ざわざわと鳴る胸騒ぎ、妙な居心地の悪さ……なぜかこういったものを察知する能力が備わっている。故に今回も、いつもと違う湿度を帯び、不穏な空気が含まれたその言葉は、なぜかしっかりと壁をすり抜けてきて耳に入った。言葉を投げかけられたのは隣の部屋で生活する宮田那智《みやたなち》だったが、薄い壁をすり抜けて、大体の家具や小物がピンクでまとめられているこの部屋の主、遠藤遥香《えんどうはるか》の耳にもしっかりと届いた。

コンコン。

続いてノックされる遥香の部屋。「はーい」と軽く返事をして扉を開ける。

「すみません、リビングに降りてきてもらえますか」

先ほどと一字一句違わない言葉を吐いて、くるり、と生島柚子《いくしまゆず》は踵《きびす》を返した。タンタンタン、と足音がリズムを刻む。それに合わせて真っ黒い髪が揺れる。揺れながら1階に降りていく。まとっている雰囲気が暗い子だ。もうちょっと明るくならないもんかね、と思いながら遥香もスマホを片手に部屋を後にする。それに続くように那智も部屋を出て、同じタイミングで階段を降りた。同じ色なのに柚子とは対照的な、常に自信に溢《あふ》れる那智の黒髪も、足音のリズムと共に左右に揺れる。

柚子の部屋は唯一1階にある。わざわざ2階に来て集合をかけることなど滅多にない。なんだか胃の辺りに重たい違和感がのしかかる。目にかかるかかからないかくらいの長さに保たれた前髪に隠れて表情までは見えなかったが、心なしかいつもより暗かったような気もする。なにか問題でも起きたのだろうか。

リビングの扉は2階の各部屋と違ってガラス戸だ。ガラガラ、と扉を引くと見慣れたグレーのソファに、ガラスのローテーブル。ラグの敷かれた床。そこに正座する柚子の姿があった。柚子の身体はソファを向いている。つまりソファに座れ、ということだろうか。向き合うように遥香と那智はソファに腰を下ろした。

「あれ、楓《かえで》は?」

那智がリビングを見渡す。見渡すと言っても、キッチンはガラス戸の向こうなので、この独立したリビングをチラッと確認しただけではある。さほど広くはないリビングを軽く一周して、那智の視線は柚子に戻った。

「楓さんは、もうすぐリビングに来ます。さっきお風呂《ふろ》から上がったそうで、いまは洗面所にいます」

ああ、と那智が納得するのと同時くらいに、ブオーとドライヤーの音が聞こえ始めた。

「いやまだかかるじゃん、これ」

楓の肩くらいまで伸びたボブヘアを想像する。ずっとショートヘアだった楓が髪を伸ばし始めたのはここ最近の話だった。楓の毛量は多い。あの髪を乾かすのには3分、いやもうちょっとかかるか。

那智はぶつくさ文句を言い始めたかと思えば、その内容が昨日見たドラマに出ていた役者の演技の酷《ひど》さの話になった頃、ようやく髪を乾かし切った楓がリビングに現れた。

「ごめんごめん、お待たせしました」

こうしてリビングに、この家に住む4人が集められた。オートミール色のスウェット姿の楓が那智の横に座る。

「お待たせしたくせに言うのもアレなんだけど、ちょっと今日中に仕上げなきゃいけない資料があって。早めに会合が終わると助かる」

柚子によって集められたリビング集会は、楓の中でいつの間にか会合になっていた。

「そうですね、では、手短に話します」

柚子が膝《ひざ》の上に乗せた両の手をさらにぎゅっと結ぶ。と、少しだけリビングの空気が引き締まった。

「あの、今日父から連絡があって……このおうち、なくなります」

1章　遠藤遥香

わたしには、本当に何もない。

会社からの帰り道、いつもの電車に乗りいつもの道を歩きながら、ふと舞い降りてきた桜の花びらの行方を見つめる。右へ左へと、ひらひらと舞う花びらの行方を目で追っていると、少しでも長く空を舞っていたいように見えて可愛らしさを感じた。

東京に来て、何度目の春だろうか。

今年も変わらずこの季節を迎え、何も変わらない自分がいつもどおりのヒールのパンプスで並木道を歩いていて、無性に虚《むな》しくなった。

わたしの出身は九州の方だ。物心ついたときから東京に憧れていて、とにかく東京に出てくることが、夢だった。東京でなにをしたいかはわからない。東京でなにが自分にできるかもわからない。だけどとにかく、東京に出てくることだけが、夢だった。

何がきっかけだったかはわからない。あの漫画だったような気もするし、あのドラマだったような気もする。とにかく気づいたら「東京」という街に憧れていて、大学を卒業し、東京に出てきた。就職先は虎《とら》ノ門《もん》にある大手の広告代理店……のビルの受付係だった。東京に行く、という目的を達成したそのときからわたしの頭の中は、いや頭だけではない、体も心も空っぽだったように思う。目的を失ってしまったのだから。

毎日見ることになった東京タワーの赤には、すぐに慣れてしまった。たまに違った色にライティングされているのを見上げても、やっぱり東京タワーは赤だよね、と思うだけだった。何度か渡ったことのあるレインボーブリッジも、自分が渡っているときにはこの橋が綺麗《きれい》かどうかなんて分からないから、すぐにテンションも上がらなくなった。

東京に来ることだけが目標だったわたしには具体的ななにか、が軒並みなにもない。思い返せば昔からそんな風に生きてきた気がする。なにもないけど、なんでもそこそこできた。たまにできないこともあるけど、できなくても別によかった。なにかに夢中になることもなかったけど、たまに恋愛や友情にアツくなったりも、人並みにあった。初めての彼氏は中学1年生のとき、サッカー部のイケてる先輩。人気のあった先輩と付き合ったことにより、女の先輩から目をつけられたが上手に擦り寄り、器用にごまを擂《す》り、うまく切り抜けた。昔から人と接することも嫌いではなく、どちらかというと得意で、そこそこ楽しい思い出もたくさんある。地に足を着けて、生きてはいる。ずっと生きることに対し脱力して、人生を嘆いていることもない。つまり、本当に「普通」。

華やかな世界に興味はある。煌《きら》びやかな街のネオンを背に、底の赤いヒールを履いて颯爽《さっそう》と歩いてみたかった気もする。声をかけられて街角のスナップに載ったのをきっかけに、とんとん拍子に芸能界を進んでみたかった気もする。プロ野球のチームのチアガールになって球団を盛り上げて、そしたら選手になぜだか気に入られて、彼を支えるためにフードマイスターの資格をとってみたかった気もする。

その気になればなんでもできたかもしれなかった自分の人生を少し振り返る。もういくつか年を越えると訪れる30歳の壁を見つめるわたしは、きっとこのままその気になることもなく死んでいくんだろうなあ。

そんなちょっぴりセンチメンタルなことを考えていると、あっという間に家についた。駅から徒歩2分。好立地な我が家。赤い屋根の、日本家屋。ここがいまの、わたしのおうち。

「ただいま〜」

玄関の扉をカラカラと横に引く。広めの玄関には個性的な靴が並ぶ。コンバースのハイカットのスニーカー、ヴァンズのスリッポン、何にでも合いそうな黒のパンプス……わたしのもこもこのアグのブーツ。どれもその人の特徴を表していて面白い。

「おかえりなさい」

障子戸がザッと開いて、柚子が顔を出した。1階の和室をこの家の主（のようなもの）である柚子に割り当てたのは失敗だった。優しい柚子は誰かが帰ってくるたびにこうして障子を開けて迎えてくれる。それは嬉《うれ》しいのだがなんだか申し訳なくもあった。

なにもないわたしにとって、唯一大切にしていると言っても過言ではないこの家がなくなるかもしれないという話を聞いたのは、ちょうど2週間前のことだった。

2階建の一軒家。赤い屋根の大きなおうち。通称「めだか荘」。このめだか荘、という名前は正式名称なわけではなく、わたしが勝手につけたものだ。引っ越してきたとき、玄関外のすぐ横に、腰くらいの高さのある古びた甕《かめ》があって、そこに数匹メダカがいたのだ。前の住人が飼っていたのか、自然発生的に生命が生まれたのかは、わからない。甕の中には何本かの水草と、何匹かのメダカが自由に泳いでいた。それがさらにこの家に日本古来の趣を生んでいて、なんだか気に入り、家にめだか荘という名前をつけることにした。その名前は徐々に浸透し、今では住人みんな、その名前でこの家を呼んでいる。

赤い屋根と言ったが、古い造りのこの家の瓦は赤というより朱色で、年季が入っている。東京には珍しく縁側と庭がしっかりとあるこの家が、わたしはとても好きだった。

都会に憧れて東京に来たはずが、この田舎くさい一軒家に住んでいるのはなんだか自分でも矛盾を感じるが、結局のところ落ち着くのはこういうところだったりするものだ。おばあちゃん家《ち》を思わせる日本らしいおうちで、わたしは家族ではなく他人の女の子たちと4人で暮らしている。

まず先ほどわたしを迎えてくれた、1階の和室に居住する生島柚子。めだか荘の主のようなものと言ったが本当にそうで、この家は柚子のお父さんの持ち物だ。柚子の実家はいわゆるお金持ちで、不動産をやっている。この辺一帯はどこも柚子のお父さんの息がかかっているのだ。ただお金持ちの家というのは少々複雑なようで、どうも柚子はお父さんとうまくいっていない。今回も、家がなくなるということは柚子の口から聞かされたけど、その経緯だったり、抗《あらが》えることなのかどうかは、まだあまり詳しく分かっていない。わたし達は間接的に柚子のお父さんにお世話になっているものの、実際に会ったことはなかった。

柚子との出会いは、レンタルビデオ屋さんの店員と客。映画が好きなわたしが足繁く通っていたレンタルビデオ屋さんで、柚子はバイトをしていた。そんななんてことのない出会いから、いま一緒に住むことになっているんだから、人生というのはなにが起こるかわからない。

わたしはニコッと柚子に笑いかけてただいまと言ったあと、ちゃんと障子が閉まるのを確認してから階段を上った。まずは2階にある自分の部屋で、楽な恰好《かっこう》に着替えるのがルーティーンだ。

階段の先の短い廊下は、歩くと床がギィと鳴る。木造の良さを感じながら自分の部屋に入ろうとすると、隣の扉が勢いよく開いた。

「あぁ、おかえり」

宮田那智がわたしの顔を見る。ジャケットを肩からかけて、しっかりとメイクをしている那智は、やっぱり綺麗だ。都会らしい洗練された美しさは、この古き良き一軒家にはそぐわなくて面白いけど。

「ただいまー。今から出かけるの？　気をつけてねー」

わたしはひらひらと手を振って自分の部屋に入った。那智はこんな時間からもサッと家を出られるフッ軽な一面がある（フッ軽というのはフットワークが軽いということ）。どうやら、あの仕事は、お偉いさんと飲んだりすることも仕事の一つらしい。

この家に一緒に住む4人のうちの1人、宮田那智は、女優だ。とは言っても、街にいる人たちが那智を見かけても振り向くことはない。綺麗な人だな、と思って振り向くことはあるかもしれないけど。

那智は、わたしが言えることじゃないけど、売れてない。那智をテレビで見かけることはほぼないし、大きな劇場に立っているところも見たことがない。聞いたことのない劇団の舞台に出たり、どこにあるの？　という小さな映画館でしかやらない映画に出たりしている。ドラマの中で那智を見たことはあるけれど、セリフは一言二言だった。それでもなにか夢や目標を持って生きている那智はかっこいいと思う。側からみたら、そんなのお金にならないし、成功するかもわからないし、もういい歳なんだし（わたしの3つ上だから……29歳か）、諦《あきら》めて普通に生きたら？　と思うことも確かにあるけど、わたしはそれを絶対に口にしないと決めている。だって夢があるってだけで、羨《うらや》ましいし、かっこいい。それに人の夢を笑うやつには、なりたくない。

那智は、この家に住むことを決めた最後の1人だ。しかもネットという特殊環境を使って。女性専用のルームシェア相手を募るアプリがあり、そこで募集をかけ、来てくれたのが那智だった。

ルームシェアをすることが決まり、3人まですんなりと集まったのだが、やはり女性の奇数は何かとトラブルも起きやすい。そう思ってわたしがもう1人募集しよう、と提案したのだった。

周りにルームシェアをしてくれる人が他にいなかったので、仕方なくアプリで募集したのだが、いくら安全面が考慮されている、信頼性の高さが売り文句のアプリだからと言って、よくぞ来てくれたものだ。しかも、女優さんだというのに。

こちらもこちらで、女優と一緒に住むって大丈夫かな、どんな感じなのかなって思ってたけど、那智は少しプライドが高いだけで、基本的には普通の女の子だった。だけどその普通さが女優として足りないところな気がして、もどかしかった。

ゆるいロンTとスウェットパンツに着替えたわたしは、再び階段を降りてリビングへ向かった。

リビングのガラス戸を開けてキッチンへ向かう。今日は（というか毎日）料理を作る気力がないので、帰りに駅で買ってきたお惣菜《そうざい》を温めて食べる。そうだ、冷蔵庫に柚子の作り置きがなかったかな。この前の土日、柚子はキッチンに張り付いていたような気がする。電子レンジのボタンをピッと押してから冷蔵庫を開けると何個かタッパーがまだ残っていた。里芋の煮っ転がしに、ほうれん草のおひたし、にんじんしりしり……なんだか身体に優しそうなものばかりだ。

「あ、それよかったら食べてくださいね。もうそろそろダメになっちゃうと思うので」

冷蔵庫を物色していると柚子がキッチンに入ってきた。

「楓は？　もう帰ってる？」

「楓さんはまだです。最近遅いので仕事が忙しいんだと思います」

「そっか。確かに最近、見かけてないなー」

この家に住むもう1人の女の子、小柳津《おやいづ》楓とわたしは職場が一緒だ。とは言っても、わたしはそのビルで受付係をしているだけなので、楓とは全然違う。楓はわたしの、遥《はる》か上にいる。物理的にも、立場的にも。同じビルでバチバチに働く楓は、それこそわたしが憧れていた東京の街を乗りこなす〝自立した女性〟だった。たまに商談に向かう楓を受付から見かけるが、颯爽とトレンチコートを翻し、後輩を従える姿はこの家で見る楓とは大違いだ。まるでドラマの世界のよう。いつも仕事に真剣に取り組み、着実にキャリアを伸ばす楓は女のわたしから見てもかっこいい。いや、同じ女だからこそかっこよく見えるのかもしれない。この令和という時代の象徴かのように、男女という概念を壊しながら仕事をする姿勢は痺《しび》れる。

「最近っていうか、楓はずっと頑張ってるね。偉いな」

「そうですね。でもわたしから見たらみんなすごいですよ。ちゃんと夢を持って働いてて」

「わたしはなんもないよ」

柚子は父親の不動産会社の子会社で働いている。働いてはいるが、そこに本人の意思はなさそうだ。与えられた仕事を定められた期間内に終わらす、事務的な作業。おそらくそこに、ギラギラしたものはない。柚子のそんなところにわたしは勝手に共感していた。

同世代とルームシェアをしているからなのか、どこか青春の延長線上みたいな空気がこの家にはある。大人になると、夢という言葉は何だか恥ずかしく感じるのだが、この家で発するのはなぜだか嫌な気分がしない。自分には夢はないけれど、周りがしっかりと夢を追いかけてくれているからなのか、こちらまで背筋がピンとなる瞬間が、確かにこの家にはあった。

そしてそんな空気を持ったこの家にいるだけで、自分には夢がないのに、みんなみたいに前を向いて、目標を掲げて、毎日を必死に生きているような気がしてくるのだ。だからこの家が好きなのかもしれない。自分のなにもない毎日が、みんなを応援する、ということによって意味を持つ気がするのだ。

「もうご飯食べた？」

「あ、まだです」

「じゃあ一緒に食べよっか。あ、柚子が作ったやつなんだけどさ」

わたしは冗談を言うときの笑顔を作った。つられて柚子も笑った。

控えめな性格の柚子は、おそらくこの家で一番、わたしに気を許してくれていると思う。そしてわたしもまた、柚子に気を許していた。ぱっと見、外見のタイプの違いで意外かもしれないが、みんなが必死に東京を生きているこの家において、柚子の存在にすごく助けられているのだ。柚子の人生に期待をしていない感じは、わたしと似ている。そこに安心感と仲間意識を覚えることによって、変な嫉妬《しっと》心を持つことなく、那智と楓を応援できている。

柚子はもともとコミュニケーション能力は低いが、決して人が嫌いなわけではない。ただ少し、人と仲良くなるのに時間がかかってしまうだけだった。最初はルームシェアに緊張していたが、今では柚子もあの2人にかなり心を開いてくれている。

バラバラの場所で産まれて、バラバラなところで生きてきたみんなと、この家で今一緒に暮らしていることは偶然だけど、ものすごい奇跡のようにも感じる。1年もいればお互いのこともわかってきて、だけど知らないことも山ほどあって、それを知らないでいることもまた、大切だったりする。心地いい距離感も摑《つか》めてくる。お互いの生活に求めている最低のラインだけをしっかりと守れば、無理に予定を合わせたり好みを合わせたりする必要もない。ただ同じ屋根の下にいるだけだ。友達というわけではないわたし達は、この家を出たあとどんな関係になるのだろう？

今日も左右に揺れつつ地面を目指す桜の花びらを見つめながら、この先のことを考える。陽《ひ》の当たり具合によってはすっかり緑の面積が増えている桜。本当に桜の旬は短い。1年の間で綺麗だね、と思ってもらえる時間が圧倒的に短すぎる。なんだかそれは女の子の一生にも似ている気がした。ちやほやされるのはほんの一瞬……桜の方がまだマシだ。来年も綺麗だね、と言ってもらえる確約があるのだから。

その場で笑っているだけでは段々ちやほやされなくなってきたわたしは、珍しく真剣に未来のことを考えていた。

先日、ついに柚子の口から家の取り壊しについての詳細が語られた。実際にこの家から出なくてはいけないのは12月、つまり約8ヶ月後らしい。あんな風に珍しく集合をかけて、神妙な面持ちで余命宣告をされたものの、残された時間は思ったよりもあった。

どうやら我が家の最寄りの駅が、リニアの停車駅に選ばれたらしい。

こんな何もないところに停まっても、誰も喜ばないんじゃ……とは思ったが、そこにはきっと大人の様々な思惑があるようだった。ここが停車駅に選ばれたのもきっと、なにかわたしたち一般人が一生をかけても知ることのない、政治的な理由や大人の事情があるのだろう。そうして選ばれたこの駅の周辺は、大胆な都市開発が決定したのだった。

そんな急に決まるものだろうか、とも思ったが、きっとわたしの耳に届いたのがつい先日なだけで、ずっと水面下で話は進んでいたのだろう。柚子のお父さんももしかしたら色々と関わっているのかもしれない。知らない方が幸せなこともある、というのは大人になって理解したことの一つだ。昔はなんでも知りたいと好奇心旺盛《おうせい》に生きていて、学校や町内のウワサ話などは一つも逃さず知っていたい、知っていることがステータスだと思っていたけど、知らなくても良いことが実はこの世界には何百、何千個もあるんだと大人になって知った。

兎《と》にも角にも、こうして駅徒歩2分の好立地な我々のめだか荘は、好立地なことが裏目に出て、開発区域に認定されてしまったのだった。この辺一帯はどうやら駅直結の大きなショッピングモールになるようだ。駅自体もかなり拡張して、そこから渡り廊下のようなもので繋《つな》がる、商業施設。思えば駅自体の改修工事は既に年明けから少しずつ始まっていた。ベッドタウンとして生きてきたこの町が、長い夜を経てとうとう陽の目を浴びるらしい。

となると、当然この家を出ていかなければいけない。全員バラバラの道だ。また一から部屋探しをするのは億劫《おっくう》だ、と思いながら、はた、とわたしの頭に1人の人物が浮かぶ。それと同時に、笑みも漏れてしまった。

わたしの口角はいま、下品に上がっていることだろう。

彼の家に、転がり込んでしまおうか。


わたしが彼と出会ったのは、たしか2週間くらい前のこと。

駅からすぐの桜並木の、桜がまだ蕾《つぼみ》の状態のときである。

いつもと変わらぬ景色を、いつもと変わらない一日を終えたわたしは文字通り「無」で歩いていた。電車の中では音楽を欠かさず聴くタイプなのだが、改札を出てからはイヤホンを外す。以前聴きながら歩いていたら音に気づかなくて自転車と衝突したのだ。軽い事故だったがそれがトラウマになり、歩いているときに音楽を聞くのをやめた。

音楽がないと生きていけない、文字通りの「NO MUSIC, NO LIFE」なわたしだったが、意外にもイヤホンを外してからたくさんのことに気づいた。

例えば、四季には音があるということ。

四季の移り変わりには、ちゃんと次の季節の足音が聞こえる。

風にも温度があること。

肌で風を感じると、季節ごとにしっかりと温度があって、匂いがある。

それは気温ともまた違って、暖かい空気の中に冷たい風が吹くこともあれば、また逆も然《しか》りだった。

ただイヤホンに聴覚を奪われていただけなのに、聴覚を取り戻した結果、五感が研ぎ澄まされて、自分の気持ちにも耳を傾けることができるようになった。

なので歩くときに音楽を聞かなくなってからは、家までの道のりはいつもぼんやりと色々なことを考えていた。

この日も、考えているのか考えていないのか、曖昧《あいまい》な境界線を歩いていたら——。

「……たよ」

背中をトントン、と叩《たた》かれた。

「落ちましたよ！」

誰かに話しかけられてハッとする。これではイヤホンを外している意味がないじゃないか、と反省しながら振り返ると、ホワイトムスクの香りと共に端整な顔立ちの青年が立っていた。

ふわふわの髪の毛は緑みの強い綺麗なアッシュだ。シュッとしたフェイスラインに、大きくはないけど綺麗な瞳《ひとみ》。鼻筋は高く、唇にはなんの嫌味もない。癖のない、まさに、整っている顔。

そして手には見覚えのある、ピンクのハンカチ。

「え！　あ、わたし落としました？　すみません、ありがとうございます」

「いいえ。どういたしまして。じゃあ」

　ペコリと軽く会釈をしてから、ニコリと軽く口角を上げて、青年は爽《さわ》やかに去っていった。駅の方へと消えていく。かすかに残るホワイトムスクの香り……。

　これがもし映画だとしたら、運命の出会いになりうる一瞬だ、と瞬時に妄想の世界に入る。わたしの好きな岩井俊二《いわいしゅんじ》監督がもし今のシーンを描くとしたら……桜満開の並木道。落ちた花びらで一面ピンクに埋め尽くされたこの広い道は、一歩踏み出せば綺麗なピンクを己の靴で汚してしまうことになる、そんな罪深さがある。その邪悪な足跡はわたしの記憶に深く色濃く刻まれる。確実にこの出会いから2人で地獄という名の天国に転がり落ちていく。そこは美しくて残酷な世界――。

　なんてしょうもないことを考えていたら、あっという間に家に着いた。さすが駅徒歩2分。家に着く頃には彼の記憶は既に朧《おぼろ》げになっていた。


　事実は小説よりも奇なり、とはよく聞いたものだが、その3日後に、わたしは岩井俊二の映画でもありえないような奇跡の再会を果たす。

　その日、受付仲間の利麻《りま》に飲み会に誘われた。利麻と飲み会に参加することはよくあることだったので特になんの感情もなく「行くー」と答えたわたしの耳元に利麻が顔を近づける。

「今日はねー、インフルエンサーの会らしいよ」

「インフルエンサー?」

「ほら、インスタグラマーとかティックトッカーとか。ユーチューバーもいるらしいし!」

このSNS戦国時代の先頭を走る人たちとの飲み会ということか。

「あー、ユーチューバーね……。わたしあんま詳しくないな」

「大丈夫。向こうも自分たちのこと知らない子の方が嬉しいって。最近ファンが凄《すご》すぎて大変みたいだからさ」

「ユーチューバーってそんな感じなの。もう芸能人じゃん」

「でも下手したら芸能人よりもお金持ってるかもよー、いやあ楽しみだね」

利麻は楽しそうに笑いながら自分の定位置に椅子を滑らす。利麻は顔が広く、彼女に誘われる飲み会には野球選手やサッカー選手、聞いたことのない俳優さん、若干見たことあるな、という俳優さんなどがいる会も多い。一見ハーフに見える利麻は男性受けもよく、気遣いもでき、一緒に飲んでいて楽しい存在だ。利麻との飲み会はたとえなにも成果が出なくても楽しい。

この日も特に大きな期待はせず、かと言って気が乗らない感じもなく、まさしく普通のテンションで飲み会に向かった。

が、そこに、大きな出会いが待っていた。

先日ハンカチを拾ってくれた好青年がいたのだ。一気に朧げだった記憶がフラッシュバックする。瞬時に鼻腔《びこう》をホワイトムスクの香りが突き抜けていくような、甘い衝撃が走る。相変わらず猫毛のふわふわな緑アッシュ。カラオケの安っぽいソファに礼儀正しく座る姿はこ港区《みなと》にそぐわない。彼には垢抜《あかぬ》けた都会らしいイメージは確かにあるものの、爽やかすぎてこの街には似合っていなかった。

「え、あのときの……」

「ん？」

彼が口を尖《とが》らせながら身を乗り出す。

挨拶《あいさつ》もそこそこに彼の座るソファに向かうわたしを不思議そうに見る利麻。その利麻を置き去りに、もうわたしの心はこの偶然に高鳴っていた。こんなことある？　こんなことってある？　偶然ハンカチを拾ってくれた好青年に、全然別の場所でもう一度会う。これはもうこの令和において、ドラマで出てきたときには思わず「トレンディー！」と叫んでしまうような安っぽい展開だ。嘘のような展開。小説だとしたら思わず「この三文小説が！」と叫んでしまうような展開だ。安い展開。ベタな展開。でも不思議と自分の身に降りかかると、怖いくらいストンと腑《ふ》に落ちた。これが、運命なのかと。

「この前、ハンカチを拾ってもらいました！　あの、橋田《はしだ》駅の近くで」

「……あ、ああー！　あのときのね！　え、嘘みたい、すごい偶然」

「なにそこー、知り合いなの？」

これまた嘘のようなピンクの髪をした男の人がニヤニヤと、黄色い歯を見せながら言葉を投げかける。

「いや、知り合いっていうか、この前すれ違ったんだよね、ねー」

アッシュ髪の彼が、わたしを見て言う。つぶらな瞳がキラキラしている。瞳の面積とあっていない光量の強さ……。

「あ、てかそうだ！　これ。多分ハンカチに挟まってたんだけど、おれそのまま持って帰ってきちゃったの」

彼がガサゴソとカバンを探る。と、1枚のくしゃっとした名刺が出てきた。

「あ、カバンの中でくしゃくしゃになっちゃった……ゴメンね」

受け取ると、身に覚えのない名前が書かれた名刺だった。そうだ、あの日、名刺入れが手元にないタイミングでもらった名刺を、とりあえずハンカチにくるんだんだっけ。

「ハンカチ拾ったときに落ちちゃってたみたいで。ハンカチ返したときに気づけなくて、その後足元でそよそよ～ってなってたの、風に吹かれて。追いかけようかと思ったけど、君歩くの速いよねえ、もう遠くだったから諦めちゃって」

笑うと目尻に皺《しわ》が寄るタイプだ。優しい、垂れた目は子犬みたいだ。女の子が一番弱い、母性をくすぐるあの目だ。

「いつでも、会ったときに渡せるようにカバンに入れっぱなしにしてたの。大事なものかもしれないし。でも大事なものだったとしたらおれやばいね！　くしゃくしゃにしちゃった」

彼の手が、わたしの名刺を持つ手に触れる――正確には名刺を確認しようとした動きだったのだけど、彼の大きな手は名刺ごとわたしの手も包む。

「なんかまた会える気がしてたから持ち歩いてた！　よかった会えて。てかすごくない？　運命だ」

わたしはいとも簡単に、恋に落ちた。


『いま何してる？』

なにも用事がなくても連絡を取る相手がいるって幸せだ。恋愛というのはつくづくタイミングだなと思う。いま付き合っている相手がいるのか。好きな相手がいるのか。恋愛する余裕があるときなのか。そもそも、一生の愛を誓った相手が、本当にいないのか。全てのタイミングが重なったときには、急斜面を転がり落ちていくかのように、相手に転がり落ちていく。そのタイミングが相手と合えば、そのスピードはことさらに、速い。

ピロン、と携帯が鳴る。

『なんもしてないよん』

『遥香は？』

さらにピロン、と立て続けに入るライン。

わたしは画面を見ながら、思わずにやける頬を押さえることもせず、緩ませながら返事を打つ。

『仕事が終わって帰ってるところ。金曜日だから飲みたいなー』

ゆっくり、ゆっくり職場のビルから駅に向かう。駅に着いてしまう前に、快速の電車に乗る前に、返事が欲しい。じゃあ今からここに行こうって、どこに指示されたとしても、すぐに向かえるように。快速電車で家の方向に帰っているときに連絡されても困る。いつもは通らない裏道に入り少し遠回りをしながら、ゆっくりゆっくり駅に向かう。

無論、今のわたしはきっと快速の電車に乗ってしまったところで、余裕で引き返してしまうのだろうけど。

ピロン、と携帯が鳴る。

『飲もうよ！』

『うち来るー？』

ドキッ。

心臓が高鳴る。２人でご飯には先日行った。もしかしたらこのまま……と思っていたけど、前回は２軒目まで行ったところで帰ろうか、となった。期待していなかったわけではなかったから少し残念だったけど、すぐに手を出してこないところに、簡単に好感度が上がった。だけど、正直もう早く次の展開に行きたい気持ちはあった。

『え、いいのー？』

はやる気持ちを抑えながら、気づいたら着いてしまっていた虎ノ門駅の改札の前で立ち止まる。後ろからドン、とサラリーマンにぶつかられ、「すみません」と言いながら改札横にずれる。

『遥香が良ければ！』

『ウーバーしたい』

え、待ってなにそれ、一番楽しいやつだ！　とわたしはテンションが上がる。好きな人とだと、なぜこんなにも日常のなんでもないことが一大イベントに思えるのだろうか。例えばここで、おしゃれなイタリアンでコース食べよう！　と言われても回転寿司に行こう！　と言われても、わたしは一番楽しいやつだ！　と心の中で叫んでいたと思う。

『うん、いいよー！　家どこ？』

『中目黒《なかめぐろ》！』

短いやりとりを終えて、わたしは速攻中目黒に向かう。向かう足取りの軽さは、今日が１週間の通勤ラストの金曜日ということを全く感じさせない。この足取りの軽さなら、夏の終わりの風物詩、１００キロを走るマラソンでも、しっかり24時間以内に完走できそうだ。

ふわふわパーマの、ホワイトムスクの香りの彼は、政弥《まさや》と名乗った。普段はアパレルショップで働く、24歳。暇な時間にアプリでライブ配信をしているらしい。たまに本業よりもライブ配信で稼ぐ月もあるらしいので立派なライバーってやつだ。このSNS戦国時代、令和にできた新ジャンル。しっかりと時代の波に乗る政弥は、確かに可愛らしい今流行《はや》りの顔をしている。すらっと細身で、身長もそこそこに高い。

最初はライブ配信……？ と今っぽい肩書きに少し戸惑ったが、この前の飲み会での振る舞いで完全に疑念はなくなった。先輩（と思われる）ユーチューバーのお酒のグラスが空になりそうになったら、完全に空になる前にすぐ次のお酒をこっそりと注文し、酔っ払って気分が悪くなっている子がいたら、こっそり水を持ってきてくれて、帰る子がいたらタクシーを店員さんに呼ばせる。完璧《かんぺき》な振る舞いだった。

すっかり恋に落ち切っているわたしは、軽い足取りで中目黒駅に降り立つ。教えてもらった住所に向かうためGoogleマップを開き、あまり馴染《なじ》みのない目黒川沿いを進む。

桜はすっかり葉桜になっていた。

マンションにつき、インターホンに手を伸ばす。が、ここで、何かお酒とかを買って持っていった方がいいのでは、その方が気の遣える女に見えるのでは、と思い、引き返してコンビニへ向かう。棚に並んだお酒を眺めながら記憶を辿《たど》る。彼は確かハイボールを飲んでいたような気がする。なんの銘柄だったかな……白州《はくしゅう》だったような。白州のミニボトルと炭酸水と氷とちょっとしたおつまみを買って、再び彼のマンションへ向かった。

まだ付き合っているわけではない、だけど付き合うかもしれない異性の家にいく、という行為にまさるドキドキが、この世界にあるのだろうか。あるのかもしれないが、「普通」のわたしにとっては思いつく限りこれ、が世界で一番ドキドキする。なにかあってもいい、でもなにもなくてもいい。だけど今日のわたしは、確実になにか、を期待している。

「どうぞー」

彼が玄関を開けて迎えてくれる。戸を開けた瞬間に、廊下に放たれるホワイトムスクの香り。部屋全体が、彼の匂いだ。

「お邪魔します。ありがとう、飲みたいってわがまま聞いてくれて」

「ううん、全然。おれも飲みたかったから」

「あ、これ、買ってきた」

わたしはコンビニ袋を渡す。

「え、やった、優しいー。気がきくよね、遥香。ありがとう。え、しかも白州じゃん！」

彼が顔を上げてわたしを見る。相変わらずの瞳の光量にくらっとする。この薄暗い部屋のどこからこんなにも光を集めているのだろう。

「さっき軽く中華頼んじゃった。他に食べたいものあったらなんでも言ってね。あ、てか狭いけど、ごめんね。荷物テキトーに置いちゃって大丈夫！　コートもらおか」

わたしの羽織っているトレンチコートをするり、と脱がしてハンガーにかける。狭いけど、と謙遜《けんそん》した彼の部屋は全然狭くなかった。わたしの部屋の、倍くらいあるワンルーム。広めのワンルームが、おしゃれにチェストや観葉植物で区切られている。グレーに統一された家具は、無駄なものが一切ない。

「部屋綺麗だねー……」

思わず心の声が漏れる。

「綺麗にしたんだよ。遥香来るから」

彼がニッと笑って、わたしをソファに促す。わたしのために、という言葉を疑わず信じ込むほどうぶではないが、政弥のこういう一言一言がたまらなくツボだった。

ソファに座ると、すぐ隣の床、に敷かれた気持ちよさそうなラグの上に彼はちょこんと座った。

「こっち座んないの？」

「いっつも床に座っちゃうの、床落ち着かない？」

「えーこのソファ最高なのに？」

「床も最高だよ？」

確かにこのラグは気持ちよさそうだけど。わたしもソファからお尻をズラしてラグの上に座った。政弥の隣に。

「どう？　うちの床の座り心地は」

「うん……悪くないね」

政弥の方を向くと、政弥は想像してたよりずっと真剣な顔をしていた。床の座り心地なんて、冗談みたいなことを聞いてきてるから、もっとおちゃらけた顔をしていると思っていたわたしは少し驚いた。

じっと目を見つめられる。体感としてはすごく長い時間のように思えた。多分、一瞬のことだったと思う。だけどわたしの目には、視界の政弥以外のものは全てハイスピードカメラで撮ったかのようにスローな動きとなり、政弥の輪郭だけがはっきりと映る。そしてそのまま政弥の端整な顔が近づいてきて……キスをされた。

あまりに突然のことだったが、どこかで期待していたわたしは、特別驚かなかった。だけど、少しだけ驚いたフリをする。

唇が離れて、静けさがより濃くなった部屋の空気を感じる。さっきよりも音が無くなって、この部屋に2人だけなんだ、と実感する。

もう一度、政弥の顔が近づく。次はわたしからも顔を寄せた。

少し角度を変えながら、軽いキスを繰り返し、唇を離す。政弥の目がさっきよりトロン、と垂れる。甘い顔がさらに甘さを増す。部屋の温度が1、2度上がったような気がする。

さらに続きがしたくて、少し近づく。部屋全体に漂うホワイトムスクの香りが、政弥に近づいたことによってより濃くなる――。

ピンポーン。

その瞬間、鳴るチャイム。

フッと政弥が笑いながら少し下を向いて、立ち上がりインターホンに向かう。

「はい」

「ウーバーイーツです！」

「はーい、玄関とこ置いておいてください」

通話ボタンから手を離し、悪戯《いたずら》っぽい笑顔で振り返る。

「続きはあとでね」


そこからわたしは、政弥の部屋に居座った。いまが朝なのか昼なのか夜なのか、時間を気にせずに過ごした。お腹が空《す》いたら近くのカフェに行って、眠たくなったら寝て、やりたくなったらやって……本能の赴くままに過ごした。あっという間に土曜日、日曜日が終わって、平日になってしまったけど、金曜日と同じ洋服を着て出社した。自分からホワイトムスクの香りがした。

さすがに月曜の会社帰り、わたしは自分のおうち、めだか荘へと帰ることにした。

仕事の疲れだけではない身体の怠《だる》さを感じながら、いつもの桜並木を歩く。政弥に出会った並木道。こちらもすっかり葉桜だ。

「ただいま〜」

そんな決まりはないが、無断外泊をしてしまった罪悪感を少し感じながら玄関を開ける。

今までも外泊はあったが、こんなに連続で帰らなかったことは初めてだ。

ザッ、と障子が開いて柚子が顔を出す。

「おかえりなさい！　少し心配をしてしまいました」

そう言う柚子は、確かに安堵《あんど》した顔をしていた。３泊も帰ってこないとなるとさすがに少し心配になったようだ。お互い干渉をしすぎないよう過ごしているので、特に連絡は入れなかったことを少し後悔した。

「ごめんね、ちょっと友達のところに泊まってた」

ストレートに男の家に泊まっていた、とはなんだか言いづらく、言葉を濁す。語尾が少し小さくなった。

「疲れちゃったなー……お風呂《ふろ》たまってる？」


さすがに自分の家ではない場所で３日間も過ごすと、自然と疲れはたまる。それがたとえ好きな人の家でも、だ。疲れと共に、自分の身体にこびりついた、恋が始まったばかり特有のキラキラをお風呂で流して、冷蔵庫からビールを取り出しリビングに向かう。お風呂上がりから漂っていた食べ物のいい匂い、がリビングに近づくにつれどんどん濃くなる。

リビングのガラス戸を開けると、柚子は床に座ってローテーブルでハヤシライスを食べていた。政弥とおんなじスタイルだ。柚子は料理が好きで、他の人の分もご飯を作ってくれることがある。このハヤシライスも、もしかしたら余ってるかも……と淡い期待をしつつ、ソファに腰掛ける。

プシュッと勢いよく缶ビールを開けて喉《のど》に流し込む。すると、途端に現実だ。いつもの仕事帰り。いつものリビング。いつものソファ。いつもの柚子。あの夢のようなふわふわした3日間が遠くなる。「やっぱり夢だったんだよ」とでも言われているような気分だ。

「遥香さん、ハヤシライスあるんで良かったら食べてくださいね」

期待通り、ハヤシライスは大鍋で作られたらしい。

「ありがとう。いただきます」

わたしは早速、ハヤシライスをよそいにキッチンへ向かう。そこへ階段から誰かが降りてくる音がして、リビングに那智が現れた。

「あー、お腹空いたー！　柚子、ごはん！」

はーい、と柚子が立ち上がり那智のハヤシライスを準備しようとする。わたしはキッチンにいたので「いいよ、わたしやる」と柚子に告げて2人分のハヤシライスをよそった。

「はい、那智」

「お、遥香帰ってたんだ。ずいぶん見かけなかったから心配したよ」

言葉とは裏腹に、全く気にしてなさそうなトーン。それもそのはず、那智もこの家に帰ってこないことは往々にしてある。

「うん、友達のとこ泊まってた」

「嘘だ。男のとこでしょ」

いやらしい笑みを浮かべながら、スプーンでわたしを指す。お行儀が悪い。

「……まあ」

「ほらー、絶対そうだと思った！　大丈夫？　今度は。この前みたいにならないでしょうねえ」

「大丈夫だから。ちゃんとしてる人だから」

「ならいいけど。わ、このハヤシライス激うま！」

「ありがとうございます」

この前、というのは、約半年前のことだ。いいな、と思っていた人がなんと詐欺師だった。わたしもあと一歩のところでねずみ講に加担するところだったのだ。一見爽やかな商社マンで、非の打ち所がない人だった。確かにえらく弁が立つなとは思っていたが、まさか人を騙《だま》すほどの喋《しゃべ》りのプロだったとは……。

那智が心配するのもしょうがない。わたしは少々男運がないように思える。でもそれも、この前の件でもう終わり。

「今回の人は大丈夫。なんかライバー？　ってやつでアプリでライブ配信とかやってて、軽く表に出る人だから、犯罪者とかじゃないよ」

「ライバー？　あぁね、わたしも最近ちょっとやり始めたんだよね」

「え？　そうなの？」

「うん。結構周りがやってて。お金稼げるんだよね。舞台の稽古《けいこ》でなかなかバイト行けないときとかに助かるんだよ」

「知らなかった。ウチから配信してるの？」

「そうだよ、自分の部屋から。そうだ、今度遥香も柚子も出てよ、2人可愛いし！　てかやってみたら？　人気出るかもよ」

「わたしは大丈夫です」

那智の言葉が終わるか終わらないかのところで、食い気味に柚子が答える。

「わたしもいい。興味ないし。……なんてアプリ？」

「興味あるんじゃん！　プクハチライブってやつでわたしはやってるよ。てか本当に美味《うま》いねハヤシライス！」

わたしがなぜ配信アプリを知りたがったのかというと、もしかしたらそこで政弥の姿が見られるかもしれない、と思ったからだった。政弥はあまりライブ配信の話をしようとしない。わたしがあまりその若者文化についていけず、よく理解できていないことがどうやら空気感からバレているらしく、その話題をあえてすることはなかった。その話がなくても、他の話題がたくさんあった。全体的に他愛のないことだったが、ずっと楽しかった。波長が合う。わたしは政弥の雰囲気も丸ごと、もう大好きになっていたのだ。

「ごちそうさま！」

最後の方はハヤシライスをかき込むようにして食べ終わり、お皿をシンクに持っていき、そのまま階段を上がる。「皿洗いジャンケンするよー！」という那智の声を聞こえないふりして、わたしは自分の部屋に戻った。

すぐさまスマホでプクハチライブを検索する。どうやら今かなり人気のアプリらしく、すぐに一番上に出てきた。アプリ内課金の文字、すなわちダウンロードは無料でできるということだ。すぐにダウンロードする。

ポップなライトブルーのアイコンをタップしてアプリを開く。プクハチ！　という明るいアニメボイスが響き、慌ててスマホをマナーモードに切り替える。

簡単に会員登録を終える。現在配信中！　のおすすめライバーの欄には女子高生と思われる制服を着た女の子から、ヘアワックスのCMか？　というくらい髪の毛がキマりきっている男の子、フィルターで原型を留《とど》めていない女の子、とにかく数えきれない若者たちのページが並ぶ。一体どういう気持ちで配信をしているのか、「普通」の受付係であるわたしには1ミリも分からない。お金稼ぎなのだろうか？　承認欲求なのだろうか？　それとも単なる暇つぶしなのだろうか。

検索ページであろう虫眼鏡をタップし、政弥を探そう！　と思ったが、ふいに手が止まる。そもそもこのアプリで配信しているのだろうか。生配信系のアプリは今ごまんとあるし、そもそも政弥がなんという名前で配信しているのかも知らない。確か苗字《みょうじ》は……碓氷《うすい》。碓氷政弥。望み極薄ではあるが検索欄に「碓氷政弥」と入力する。案の定「碓氷政弥」はおらず、似たような名前のライバーがずらっと並ぶ。そもそも、こんな不特定多数の人に見られる場所で本名は使わないか、と思い「政弥」で再度検索をしてみる。またまたずらっと男性ライバーが並ぶ。適当にスクロールしてみたがわたしの知っている政弥らしき人物は見つからない。「まさや」「マサヤ」「Masaya」でも検索してみたが、そちらは膨大な数の「まさや」さんが出てきてここから探すのはなかなか骨のいる作業だ。

ふと試しに、「宮田那智」と入力する。こちらはパッと那智のアイコンがクリティカルヒットした。那智は名前を売るという名目もあるのでしっかりと本名、フルネームで登録をしているようだ。プロフィール欄には女優、という肩書き。アイコンの那智はさっきまでチラッと見てきた他のライバーとは容姿のレベルが違うように思えた。

わたしは諦めてスマホをベッドに捨てて、そのまま自分の身体もベッドに預けた。少し久しぶりの自分のベッドは驚くほど身体にフィットした。まるで最初から自分の身体のカタチにマットレスが少し窪《くぼ》んでいるかのようだ。受け入れてくれている感が半端じゃない。だけどわたしは、政弥の家のベッドの、身体がふわっと浮くような優しい感覚を必死に思い出す。ずっと手に持っていないと、どこかに政弥の感覚が風船のように飛んでいってしまいそうなのだ。政弥にはそういうところがある。ずっと摑んでいないといけないような、そんな危うい儚《はかな》さが。

「気が早いけどさ、ゴールデンウィークは旅行に行きたいな」

わたしはベッドから立ち上がりキッチンに向かう政弥の背中に声をかける。何も纏《まと》っていない背中の、綺麗な肩甲骨の窪みに向けて。

すぐにまた行けることになった政弥の部屋は、あの3日間を経てすっかり落ち着く居場所になっていた。暗めの照明にも慣れたし、ホワイトムスクの香りにも慣れた。

「旅行？　いいねえ。でもおれ仕事あるかも。日にちによるけど」

冷蔵庫からミネラルウォーターを取り出して、一気に半分くらい飲む。冷蔵庫の灯りで、身体の半分だけ照らされた政弥の喉の上下の動きに色気を感じる。

「合わせるよ！　わたし今のところ何にも予定ないから」

「地元帰ったりしないの？　あれ、地元どこだっけ。東京だっけ」

「ううん、熊本。でもその時期って飛行機高いし、別にいいかなあ今年は」

今のわたしは、政弥中心で世界が回っているため、仕事がない空いた時間はとにかく全部政弥に捧げたい。ゴールデンウィークはいつも友達や誰かしらと旅行に行くのだけど、今年は政弥と、なにかしたい。そのためになんの予定も入れず、スケジュールは白紙のままにしてある。自分にもまだこんなに乙女な部分があったのだな、と嬉しいような恥ずかしいような気分だ。

「熊本か。いいね！　辛子蓮根《れんこん》だ」

「え！　よく知ってるね。マイナーじゃない？」

「おれ好きだよ。いつか本場の食べたいな。辛いんでしょ、結構ちゃんと」

「うん。普通に辛い。作りたてとか美味《おい》しいよ」

「え、いいなー！　食べたい。食べたい食べたい！」

食べたーい！　と連呼しながらわたしの上にダイブして、そのまま布団ごとわたしの身体に絡みつく。ふわふわのマットレスに、2倍の体重が乗っかりさらに沈むベッド。薄手の布団越しに、政弥の体温が伝わる。

「食べに行きたい。いつか」

「いつかって、いつ？」

「いつだろう。いつが旬なの？」

「旬とかないよ、いつでも美味しいよ」

「じゃあいつでもいいね。熊本行くかー！　あ。熊本行くばい！」

「っ。なにそれっ。あはは」

「え？　変だった？　方言！　間違ってる？」

「いや、あってるけど。あってるんだけど。なんか違う」

あはは、とわたしは笑う。可愛くておかしくて。今までの人生で、なんの気なしに使っていた方言が、政弥の口から発せられるとこんなにも愛らしい。わたしは混じり気のない感情で笑う。いまわたしの心にはなんの不安も曇りも陰りもない。政弥といると、とにかく「いま」が愛しくて、ずっとずっとこの時間が続けばいいのに、と思えて、その感情に迷いがない。政弥の声から、声帯から、あのセクシーな喉元から、α波でも出ているんだろうか。わたしは政弥の声を聞くと安心するし、興奮する。正反対の感情なはずなのに、それはしっかりとした一体感で、わたしの耳から入って全身をめぐる。

「いつか行けるといいなあ。遥香の地元」

一歩間違ったらプロポーズのようにも聞こえるその言葉が嬉しくて、わたしはしっかりと嚙《か》み締める。

「いつでもいいよ。いつでも来て。阿蘇《あそ》でも行く？」

「阿蘇って、あの阿蘇？　牛乳有名なとこ？　ソフトクリームとか美味しそうだね。おれ甘いものも好き」

「わたしも」

背中で体温を感じながら、わたしの脳内は阿蘇へトリップする。政弥と行くならきっとどこでも楽しいけど、それが自分が幼い頃から行ってた場所なら尚更だ。わたしのなんてことない、普通の人生の中に、政弥がぽんっと加わる。それだけで世界の色の彩度が濃くなったように感じるだろう。鮮やかになる緑。空の青さ。コスモスのピンク、紫、白……。

「もう1回しよ」

政弥の声で現実にもどる。戻ったところで、この現実も充分に甘い。

今日は久しぶりにビルで楓を見かけた。忙しそうに、ビルの外へと小走りで出かけていった。暖かくなってきたと思っていたのに、2日前からまた急に寒くなったので、楓はいつもの丈の長いトレンチコートを再び着ていた。インフォメーションセンターの横を抜けるとき、チラッとこちらを見てニッと目線を配られる。最近ゆっくり話せてないが、楓の顔は充実感に満ちているのが一瞬でわかる。仕事がうまくいっているのだろう。そういえば楓の彼は元気だろうか。楓には3、4年付き合っている彼がいる。この家で恋愛に関して一番信用できるのは楓だ。地に足が着いている。全く拗《こじ》らせている感じがない。順風満帆に結婚へと向かっている気がする。反対に、異性関係において破天荒気味の那智とはあまり恋愛の話をしないし、そもそも柚子は恋愛とは縁遠そうだ。

「クシュン」

楓はその彼と付き合う前まで、わたしと利麻の合コンにもノリ良く参加してくれていた。元々ソフトボールをしていて、高校時代だかに全国大会での優勝経験もある楓は根っからの体育会系で、飲み会ではいつもその場を盛り上げてくれた。楓と一緒に飲むのは楽しい。上下関係もしっかりしていて空気も読めるので、変な風になることはないし、お酒もそこそこに強い。いや、そこそこではない、あれはかなり飲めるクチだ。ルームシェアをする前から楓とは仲が良く、人間としてとても好きだったが、同じ家に住むことになっても楓に落胆することはほとんどない。ただ、楓はいつも忙しそうで、同じ家にいるのになかなか顔を合わせることがない、という理由もあるかもしれないが。

「クシュン、……ヘックシュン！」

そういえば楓は、この家がなくなると聞いたときも、かなり冷静だった。もしかしたら、もう彼と同棲《どうせい》する気なのかもしれない。いや、もうすでに結婚も視野に入っているのかも……。

「クシュン！」

「遥香ー、大丈夫？　さっきからすごいくしゃみしてるけど」

隣の利麻が心配そうに覗《のぞ》き込む。花粉症ではないはずだが、昨日からくしゃみが止まらない。

「うん、大丈夫……だと思うんだけど、なんか今日すっごい寒くない？」

「確かに寒いけど。え、なんか遥香顔色も悪いよ」

「そう？　風邪引いたかな」

確かに最近、いつもの日常とは少々違う日々を送っていて、色めきだっているためバイタリティは高いが、身体は少し疲れているのかもしれない。ただ生まれつき身体は強い方だと思っていたのだけど。

背中がぶるっと震える。言われるまで全く気づかなかったが、言われた瞬間ものすごいスピードで身体がどんどん重くなってくる。身体の節々が痛くなる。風邪というのは自覚した途端すごい力で身体を襲ってくる。

「ちょっと……昼休憩入ったら熱測ってくるね」

「いや、なんかもう測った方がいいと思う。行っといで」

「利麻ありがと。行ってくる」

裏に戻り、体温を測る。37・7度。なかなか立派な数字に小さくわお、と呟《つぶや》いた。

「ちょっと熱があるなーどうしよう。まあいけなくはないんだけど」

利麻の元に戻り現状を伝える。あと30分ほどで昼休憩に入るところだ。

「いいよ、帰りなよ。今日そんなにアポも入ってないし、わたし1人で充分だと思う」

「ほんと？　じゃあお言葉に甘えて……」

「珍しいね、遥香が熱出るの。こりゃ相当キテんだな、彼」

「いや、そんなんじゃないんだけど……いや、そうなんだけど。ごめん。早上がりします」

「気をつけてね。明日も体調良くなかったら全然休んでいいからさ！」

「ありがとう」

利麻はわたしと政弥が出会った飲み会以降、詳しくは聞いてこないものの私たちの関係に気づいているようだった。

利麻の好意に甘えて、今日は早上がりさせてもらうことにする。身体が重い。体温計の数字を見た瞬間さらに重くなった。数字という現実により、風邪という見えないものが実像となる。

しんどい。

ビルの隙間風の冷たさを感じながら、なるべく早足で駅へと向かう。平日のど昼間、家に帰っても誰もいないだろう。家にインスタントのお粥《かゆ》とかあったかな……ポカリとか。柚子が帰ってきたらお粥を作ってもらおう。でもお昼もなにか食べて、薬でも飲んだ方がいいのだろうか。ただ食欲はあまりない。食欲がない、というのはなんだか生きることに対しての積極性がないように思えて、ああ生命力が弱っているんだなあ……と朧げに思う。

そうだ、政弥に連絡しようか。もしかしたら心配して、看病してもらえるかもしれない。うちまで来てくれたりするかもしれない。暗黙の了解で、めだか荘に他人が入ることはほんのりと禁止な風潮があるが今は緊急事態だ。自分の部屋に政弥がくることも、なんとなく許されるかもしれない。とは言っても、こんなド昼間。政弥も仕事をしているだろう。そしてそもそも、風邪を移すことはさすがに憚《はばか》られる。しんどい、誰かに頼りたい……という気持ちと、大人なんだから誰にも迷惑をかけてはいけない、という気持ちでわたしの心は大いに揺らぐ。揺らいでいる間に、電車は橋田駅に着いていた。

駅のキオスクでポカリとinゼリーを買って、家に向かう。

とにかく横になりたい一心で、しっかりと歩みを進めて、いつもの倍に感じる並木道を抜けた。

家に着き、鍵を開けガラガラ、と玄関を開ける。思いがけない時間の帰宅者に、メダカたちも驚いている……訳もなく、いつも通り甕の中で優雅に泳いでいた。人の気も知らずに……。

いつもの玄関に比べ、昼間は靴が少ない、と思ったが、今日はそうでもない。むしろ、多い。というか見慣れない靴が一つ。

明らかに大きいそれは、この家の玄関で異彩を放つ。なぜだか胸に引っかかる。

ぼーっとする頭では深く考えることができずヒールを脱ぐ。とにかく横になりたい。玄関にカバンを置いて、階段に足をかけたとき、ガタッと2階から音がした。あ、誰かいるのか。この時間にいるとしたら那智だ。楓も柚子も普通の会社員だからこの時間に家にいることはないけど、那智ならいるかもしれない。

那智に助けを求めよう……。

「那智ー、いる？　ちょっと体調悪くてさ、帰ってきた」

階段を昇り、那智の部屋のドアを軽くノックして返事も待たずにノブに手をかける。ガチャ、と力の入らない腕の割には思い切り部屋の扉を引っ張ってしまった。なかなかに非常識な気もするが、風邪でぼーっとする頭では自分のことしか考えられなかった。

「ひゃっ」

那智の驚いた声にわたしも驚く。そして見えた光景にさらに驚く。

「え、なんで……」

そこにいるはずのない第三者と確実に目が合う。那智のベッドに入っている、もう1人。

「なんで……なんで政弥がいるの？」

そこには紛れもなく、わたしがさっきまで考えていた、政弥がいた。那智の隣に。見慣れた裸体が、慣れ親しんだ我がめだか荘に、いる。状況が飲み込めなすぎて、わたしは一旦那智の部屋の扉をゆっくりと閉めた。

リビングにはわたしと那智。ここまではなんてことのない日常だ。

しかしその那智の隣には、先ほどとは違い服を纏った政弥がいる。なんとも言えない重たい空気が全身を襲う。いや、家全体を覆っている。この重さは風邪のせいか、熱のせいか、それとも……。確実に先ほどよりも体温は上がっているように思う。いつもだって物事を深くは考えられないわたしの頭は、熱によってさらに機能が低下している。それなのにこの状況だ。もはや脳は考えることをやめた方が楽ですよ、と言わんばかりに働いてくれていない。だが、とにかくこの状況がおかしいということだけはわかる。

「…………」

沈黙がリビングを包む。どこから聞いたらいいのか、誰と話したらいいのか、それよりもなぜ政弥がうちにいるのか、わたしは混乱していた。

「……えっとさ、まず、ごめん」

状況を打破したのは那智だった。気まずそうに身体を小さくしながらも、申し訳ないという気持ちだけではない、意思の見えるしっかりとした目線でわたしの方を見る。

「この家にさ、他の人を連れ込まないっていうのは、なんか暗黙のルールだったじゃん、友達とか。それなのに、よりにもよって男性を連れ込んで、ごめん」

那智が頭を下げる。釣られて政弥の頭も少し下がる。

「……いや。まあ、それもそうなんだけど。でもさ、わたしが聞きたいのはそこじゃない」

こんな嘘みたいな展開があるか。こんな偶然があってたまるか。こんなに世界が狭くてたまるか。これはドラマや映画じゃないんだぞ？　怒鳴りたい、声を荒らげたい気持ちを、グッと抑え、冷静に……という思考で声を荒らげないわけではなかった。正直熱のだるさでわたしは声を荒らげる余裕がなかった。頭がぐわんぐわんする。こんな状況、健康時だって素直に飲み込めるわけがない。

なんで政弥が、那智と一緒に寝てたのか。

「あのさ、政弥、だよね？」

「うん」

「なんでここにいるの。なんで那智といるの」

わたしは冷静に聞く。政弥の表情は読めなかった。すごく反省しているようには見えない。焦りもない。不思議な、冷静な表情で、視線を逸《そ》らすこともなくこちらを見る。そこには罪悪感は感じられない。その目は、すごく好きな目のはずだった。だけど今は真っ黒に塗りつぶされたように、光がない。

「那智とは、もともと友達でさ」

「うん」

「普通に、普通に友達。遥香と出会う前から」

「待ってよ、ちょっと待って」

　わたしはドラマみたいに前髪をかき上げながら笑ってしまった。自分の芝居じみた動作が可笑《おか》しくて、心の中で笑う。修羅場になると人って、本当にこういうセリフを吐いて、こういう仕草をするのか、と少し冷静に分析をしてしまう。

「友達だったら一緒に寝るの？　裸で？　は？　おかしくない」

　いよいよ沸点に到達してしまったわたしの声が大きくなる。脳がおそらく、熱でオーバーヒートしている。

「政弥は誰とでもそういうことすんの……」

　自分の意思とは無関係に、目に涙がたまっていく。裏切られた。でも泣いたら、惨めだ。確かにここにいる誰が被害者なのか考えたら、それはわたしだと思う。でも、わたしが泣いたら、負けな気もする。それはなにに負けたというのだろう。政弥に？　那智に？　そもそも色恋に、勝ち負けなんてあるのだろうか。惚《ほ》れた方が負け、なんて聞くけど、それはこういう状況のときに使う言葉なのか……ああもうよく分からない。熱のせいなのか、自分の思考の浅さや考える力の無さなのか分からないけど、今の未熟なわたしにはもうこれ以上理解できそうにもなかった。

「……てか俺たち付き合ってなくない？」

政弥の言葉が、鋭利な刃物のように飛んできた。耳を疑った。言葉の内容ではない。今まで聞いたことのなかった政弥の声のトーンに、耳を疑った。こんな音を出す人を、わたしは知らない。

確かに、政弥との出会いは嘘みたいな出来事だった。運命だとすら思った。ドッキリなんじゃないかと疑ってもいいくらい、怖いくらい惹《ひ》かれあってとんとん拍子でここまで来た。その日々はきらきらしていて、ああいま自分は特別な経験をしているんだって、心の底から舞い上がった。まさかこんな、嘘みたいな結末が待っているなんて——。

「そうか。全部嘘だったのか。いや、夢だった、みたいなことか」

わたしは独り言のように呟く。政弥が聞き取りきれなかったようで「え？」と身を乗り出す。

「全部忘れて。さようなら。もう二度とわたしの前に現れないでください」

そのあとわたしは、三日三晩寝込んだ。

状況を知らない柚子が献身的に看病をしてくれた。元気のないわたしを見て、毎日わたわたとお世話をしてくれた柚子が愛おしくて、そして何よりとてつもなく支えられた。もしこの状況で自分が１人だったらどうなっていただろう。考えるだけでゾッとする。仕事が忙しいであろう楓もかなり心配をしてくれて、1日に1回は必ず顔を覗きにきてくれた。

桜が咲いてから散るまでのような、怒濤《どとう》の日々だった。

嵐のようなスピードで駆け抜けた政弥との日々は、瞬間最高風速こそめちゃくちゃ強かったものの、時間の短さのおかげか傷の治りは早かった。確かに深い傷だったけど、潔くいってくれたおかげで早々と瘡蓋《かさぶた》になった。風邪と重なってくれたのもよかった。とにかく地獄のように身体も心も辛《つら》かったが、身体のだるさが取れたときには一緒になって心も軽くなっていた。

もちろん、未練がゼロというわけではない。いまだに、辛子蓮根の話をする政弥の顔を思い浮かべると胸がキュッとなって、愛しく感じてしまうことはあるが、思い出の少なさもありなんとか前を向けている。

ただ、あれから那智とは話せていない。

さすがの那智も気まずいのか、この3日間顔を合わせることはなかった。隣の部屋に気配こそ感じるものの、偶然家の中で会うこともなかった。おそらく相当気を遣っていたのだろう。

那智が悪くないことはわかっている。わたしが熱を上げていた相手が政弥だということを知らなかったわけだから、那智に怒るのは少し違う。もちろん家に昼間っから男を連れ込んだことは決して褒められたものではないが。

ただ、那智が悪くない、とは頭ではわかっていても、心が追いつかない。

でも男関係で、この家のバランスが崩れるのは嫌だった。柚子や楓にも申し訳ないし、何より情けない。

すっかり身体も軽くなり、職場にも復帰し、政弥と出会う前の日常に戻ろうとしていた日、橋田駅の改札外に那智がいた。

バツが悪そうに、こちらを見る。駅の利用者はかなり多いはずなのに、すぐに気づいてくれた。神経を尖らせて、橋田に帰ってくる人たちの中からわたしを探していたのだろう。

「遥香……ちょっと話そう」

すっかり緑になった並木道を一本横に抜けて、住宅街を歩く。この辺もおそらく再開発地区ではないだろうか。そしてその先の小さな公園へ向かう。東京の公園はどこも狭くて、なんだか救われない気持ちになる。陽が落ちかけている。太陽の余韻のみで明るさを保っている時間だ。子供たちももういない。

那智に視線で促され、わたしたちはこぢんまりと端に置いてあるベンチに座った。ここまで会話はない。

怒っているわけではないが、わたしから口を開くのはなんだか悔しくて、躊躇《ためら》われる。しばらく沈黙が続いた。

「……あのさ」

あの日と同じく、沈黙を打破したのは那智だった。

「まずは、ごめん。知らなかったとはいえ、遥香の彼氏と、その」

「彼氏じゃなかったよ」

那智は地雷を踏んでしまったかのように黙る。わたしもこんな風に冷たく言いたいわけではないのに、口をついて出てくる言葉はどうしても冷気を帯びる。

次はわたしが、この沈黙を打破しなければ、と思った。

「……うん、でも好きだった」

そう言葉にした途端、どうしようもなく泣きそうになった。自分の意思とは関係なく、言葉が少し、湿ってしまう。

「すごい好きで、もう政弥しかいない！　運命の相手だ！　って思ってた。笑えるよね、いま思うとね。よくよく考えたら、政弥のことなんも知らなかったもん」

「……うん」

「生配信のアプリとかもさ、政弥探したりもしたけど見つからなくて。アカウントさえ知らない。あと彼がどこ出身なのかとか、そんなことも知らない。思い返してみれば。聞いても教えてくれなそうな雰囲気あるから、怖くて聞けなかったのかな」

「なんかわかるよ。政弥ってさ、秘密主義だよね」

「わかる。いや、わかるほど一緒にいなかったけどさ」

　はは、と那智と顔を合わせる。目が合う。那智の表情は優しい。下がった眉毛《まゆげ》に申し訳なさが滲《にじ》み出る。その申し訳なさの中にわたしを失いたくない気持ちが確かに見えて、わたしはまた泣きそうになった。ここを逃したら、一生仲直りできない。そんな空気感だった。

「でもあれは衝撃だったよ、さすがに！　風邪ひいててよかったよ本当。もし健常な状態だったら那智のこと殴ってたかもしれない」

「え！　おかしいでしょそれは。殴るのは政弥でしょ」

「そうなんだけどさ、ほら、思わず」

「そうだよね、まさかだよね。あれは、ビビるわ。自分が逆だったら、ビビる」

「でしょ？」

「でもさ、政弥、もともとチャラついてるけど、あれで真面目なところもあると思うんだよね」

「そうなの？」

「うん。先月政弥付き合い悪くなったんだよね。いつもみんなで集まってる店とかにも来なくてさ。周りも政弥に連絡無視されるーとか言っててさ。今思えば、遥香に夢中だったんだね」

「嘘だぁ」

「ほんと。少なくともあの時期は、ちゃんと遥香とだけ向き合ってたんじゃないかな」

「……それ、説得力ないよ」

「ははは、そうか。そうだよね」

那智は気持ちよく笑った。ちくしょう。そんな風に笑われたら怒るに怒れないじゃないか。だんだんと、那智が共通の敵を持った仲間に見えてきた。政弥という名の、女の敵。

「泣かされてきた子も多分いっぱいいるし、政弥に。あれはね、天性の才能だよね。女が惹かれちゃう才能。ほっとけなくなる才能。悪い男だよ、政弥は」

「うん。そうだね……」

「遥香にはもっといい人がいるよ」

「そうかな、男運ない気がしてきた」

「わたしもないよ、だから大丈夫」

「それ全然大丈夫じゃないから」

気まずかった空気は、太陽と共に沈んでくれたようだった。前みたいに普通に那智と喋れていて、わたしは安心する。

政弥との日々は、一瞬の気の迷いだったことにしよう。さようなら政弥。沼に沈み込む前に、現実を突きつけてくれた、竜巻みたいな男。

「いつか笑って話せるようになるかな。まだちょっと泣きそう。未練とかは、ないんだけど」

わたしの不安そうな言葉を、那智は持ち前の気高さで一蹴《いっしゅう》する。

「なるよ。むしろ一つ話すネタが増えたってことにしよう。じゃないと悔しいじゃん。こんな男がいてさ、って女が話さなきゃ」

心強い言葉だ。そうだ。いつの時代も、女ばかりが泣いているようではいけない。女がメソメソ泣き寝入りする時代はとっくに終わっているのだ。全て笑い話に変えられるくらい、強くならないと。

「そうだね、そうする。いつか柚子たちにも笑い話として話そう」

「えー!?　話す？　男の子連れ込んでたことバレたらやばいかな……」

「それはさ、やっぱり良くないね。ちゃんと謝らないと」

「そうだよねえ。いやそれはホント、改めてごめんね」

「うん、もういいけどさ」

「もうないようにする。絶対」

那智が約束！　と言わんばかりに小指を出す。そこに自分の小指を巻きつけて、指切りげんまんをする。

「あ、でもあの家で過ごすのもあとちょっとなのか……」

那智が思い出したように口にする。そうだった。いろいろなことが起きてすっかり忘れていたが、あの家はなくなってしまうのだった。

「まあでも、あと少しの間、ちゃんと約束守ってください。じゃあ、帰るか！」

わたしは解けなかった問題の答えがわかったような気持ちよさを抱きながら、ベンチから立ち上がる。

「うん、帰ろ！」

那智も同様にすっきりとした顔をして立ち上がった。問題解決、だ。これでめだか荘にまた平和が戻る。結末がぶっ飛びすぎていた恋は、その分きっと笑い話になる日も近い。

「あのさ、帰ったら、ご飯、準備してある」

「えっ⁉」

わたしは驚く。那智が、あの那智が料理？　那智は普段料理を全くしないのだ。どういう風の吹き回しだ？

「ハヤシライス。遥香好きだよね？　遥香が好きな味になるように、柚子に作り方とか聞いたの」

そういうことか。これは仲直りのハヤシライスということね。わたしは料理の中で一番ハヤシライスが好きだ。特に柚子のつくるハヤシライスは絶品だ。赤ワインが効いていて、少し大人の味なのだ。

「ありがとう。ハヤシライス大好き。食べる」

わたしは照れ隠しにぶっきらぼうに言って、那智より早く一歩を踏み出し家路へと誘う。

「よかった。初めて作ったから美味しいかわかんないけど、食べよ！」

那智も嬉しそうに着いてきた。

なにもない、と思っていたわたしの人生だけど、気がついたら失いたくない人ができていたようだ。一緒に暮らしている、というだけで友達ではないと思っていたが、喧嘩《けんか》して、仲直りをして……そんな少年ジャンプみたいな友情を、わたしはどうやら手にしていたらしい。

「ふふ、ねえ、アイツのグチでも言おう。言ってスッキリしない？」

2人で歩きながら、すっかり暗くなり紺色になった空を見上げながら那智が言う。それはいい。共通の誰かの悪口で女の子は一番仲良くなるのだから。

「そうだねえー、うん。部屋になんもなさすぎ。女の子誘うための部屋すぎ」

わたしの言葉に那智があはは、と笑う。

「そうだね。ヤラしいね。あとさあ」

那智は楽しそうに笑いながら言う。

「政弥ってさ、めっちゃ舐《な》めてくるよね」

「……は？」

「いや、なんかさ、舐めるの好きなタイプよね、あれで。献身的かよ。意外でウケない？」

一度もない。舐められたこと。むしろそういうことは苦手だって言ってたはずなのに……。

やっぱり、殴ればよかった。わたしは心の底からそう思った。

夏至

ガーーーーーーーーーーーー。

持続的に続く音の中に、不規則にタタン……タタン……と音が鳴る。その機械的な音にかき消されているがよく耳を澄ますと、サーーーーー、とミストのような霧雨が降っている音も聞こえる。

ジメジメとした湿気に包まれた家の中で、那智は洗濯機を見つめる。

「あー、もう本当に、なんで乾燥機能付きの洗濯機にしなかったんかね」

その洗濯機はドラム式ではない。上に蓋《ふた》がついている縦型だ。必要最低限の機能しか備わっていない、オーソドックスなものだ。

庭に面した縁側にはタオルや下着やTシャツが所狭しと干されている。が、大半の衣服たちは乾き切っておらず適度な濡《ぬ》れ感を持っている。そのため縁側は、生乾き臭がほのかに漂っている。

「しょうがないですよ、乾燥機能がつくと途端にめちゃくちゃ高くなるんですもん、洗濯機」

柚子が洗濯カゴを持って現れる。そこにはタオルやスウェットがこんもりと入っている。

「こんなに乾かなかったっけ？　今年梅雨長くない⁉　去年どうだったっけ……」

「去年も、那智さんは同じことを言ってましたよ」

「え、そうだっけ。覚えてない」

人間というのは、忘れる生き物である。楽しかった記憶も、死にたくなるほど辛《つら》かった記憶も。もちろん全てを忘れるわけではないが、完璧《かんぺき》に覚えていることはなかなかできない。忘れたくない尊い瞬間も、忘れてしまう。ただそのおかげで、生きていけるのだ。どれだけ深い哀しみに襲われても、人間が再び前を向けるのは「忘れる」という機能が備わっているからなのだ。

「去年もこんな思いで洗濯してたのかー……」

那智は天を仰ぐ。その間も、働き者の洗濯機は動きを止めない。

「あっ、そうだ、あれ買おうよ、なんだっけ……湿度吸収できるやつ」

「除湿器ですか？」

「そう！　それ！」

「それも那智さん去年も言ってましたよ」

「えっ⁉　じゃあなんで買ってないんだ……？」

「もう梅雨終わるからいっかー！　って」

「……去年のわたし、馬鹿なのか？　また梅雨は来るのに……」

那智は再び天を仰ぐ。その間も、雨は止む気配なく降り続ける。

「今年こそ、買います？　ついに」

「いや、それこそ、なんか遅いような気もするし……なによりもうこの家とオサラバだしね」

　そういえば、この洗濯機は誰が譲り受けるのだろうか。冷蔵庫はもともとこの一軒家に備え付けられていたものを使っているが、洗濯機だけはさすがに元々置いてあったものが古すぎて買い替えた。みんなでお金を出して買ったのだ。いざ家電量販店に行ってみると想像よりも高くて、結局ケチって値段重視で選んでしまった。洗濯をすることしかできない、なんてことない洗濯機。

「まだ那智の洗濯中なのー？　おっそ……」

　楓がなんの前ぶれもなく現れる。洗濯機の音と雨の音にかき消され、階段を降りてくる音が全く聞こえなかったため、柚子がわっと小さく驚いた。

「この洗濯機本当に仕事が遅いな。上司に嫌われるぞそんなんじゃ」

「楓！　ちょうど良かった、楓と遥香に話したかったのよ。この時期はバスタオルはおんなじやつ2日使って」

「えー！　ヤダよ、それ私無理なんだよ」

「だめ！　贅沢《ぜいたく》禁止！　そもそもわたしと柚子は夏だろうが冬だろうがバスタオルは2日使うぞ」

「それめっちゃ汚いんだよ。そのタオルは雑菌だらけなんだよ」

「そんなの関係ない。毎日違うタオル使ってたら洗濯間に合わないんだから」

「はいはーい」

本当にわかってるのかわからない返事をして、楓が那智の横に座り込む。

「そもそもさー、那智は平日とか関係ないんだから平日に洗濯してよ、なんで土日にするのよー」

柔らかい冗談じみた言い方で、楓は那智に文句を吐く。

「偶然今日が稽古《けいこ》休みだったの！　これでも洗濯物を最小限にするために、稽古中ずっとおんなじスウェット穿《は》いてるんだからね」

「それさ、周りから汚いって思われない？」

「大丈夫、2つをうまい具合にローテーションしてるから。まるで洗って持ってきたかのように」

「汚い！　それ汚いけど面白いなー」

「なんかわたし、洗濯物を減らすための努力を惜しまないタイプになってる。なんか、違う気がしてきた。頑張るとこそこじゃない気がしてきた……」

「うん、多分そこじゃないよ」

ピーーーーーーー。ガコン。

一際大きな音がして、洗濯機が動きを止めた。

「終わった終わった、お待たせしましたー」

洗濯槽から、絡まり合う衣服たちを取り出す那智。

「楓、ちなみに次は柚子だからね。ずっと待ってたんだから」

「わ、マジか⁉」

「すみません楓さん。あ、今日の夜ごはんはわたし作りますからね」

「あ、いいよ柚子。夜ごはんはわたし作るから」

「えっ⁉　那智が⁉　珍しくない？」

「ハヤシライス一択だけど。それでよければ食べて」

洗濯かごに洗濯物を詰めおわった那智は縁側へ向かう。

「ハヤシライス……？　那智そんなの作るイメージなかったんだけど」

「那智さん、一度レシピを聞いてきて、それからやけにハヤシライスだけは作ってくれるんです。なんででしょうね？」

「ハヤシライスと言えば、遥香が好きなイメージだけど……」

「確かに、レシピ聞いて来たときも遥香さんの好みを聞かれました。どんな感じのハヤシライスが好きなのか、って」

「なんでだろうね？」

2人が顔を見合わせていると、縁側の方から那智の叫び声が聞こえた。

「柚子！　楓ー！　雨止んだ！　今がチャンスだよ！　外に干すぞー！」

2章　宮田那智

『新着メールはありません。』

スワイプした指を放すと、無機質な液晶画面に冷たい文章。念のためもう一度画面をスワイプする。

『新着メールはありません。』

さっきと同じ低い温度感の画面にハー、と深いため息をつく。じめっとした梅雨の終わりの空気にわたしのため息が溶け込む。ダメだったとしても、せめて連絡くらいよこしなさいよ。それが常識なんじゃないの。欲を言えば何がダメだったのか教えて欲しいけど、そんな贅沢《ぜいたく》は言わないから。せめて一言二言。厳選なる審査の結果、不合格でした。また別の機会に是非。今回はイメージに合いませんでした。また別の作品で是非。是非、是非……。

「宮田さん、お疲れさまでした！」

スマホの画面を冷たく見下ろすわたしの横を爽《さわ》やかに若者が通り抜ける。わたしと彼の温度差に風邪を引きそうだ。はつらつとした声から若さと生命力を感じる。そんなに歳の差もないはずなのだが。それにしてもいつからこんなにも周りに年下が増えたのか。少し前までは自分がその場の最年少なことが多くて、可愛がられて、甘やかされて……できないことを教えてくれる先輩がいて、背中で魅せる先輩がいて、悩んでいたら飲みにつれて行ってくれる先輩がいて。技術が追いついていなくても気持ちがあれば許してもらえる世界だった、はずなのに。

わたしは思わず、横を通り抜けていく若者の腕をガシッと摑《つか》む。

「よし。飲みに行くぞ」

「うま〜〜〜〜っ」

ガヤガヤとした雑音の中、クリアにわたしの声が響く。稽古《けいこ》後の一杯はなんでこんなにも美味《うま》いんだ。喉《のど》から全身に喜びが染みわたり、生きててよかったー！　と叫んでしまいそうになる。いまこの瞬間でも、こんなにビールは美味いのに、なんとさらに美味くなる。そう、初日の幕が開いたときに。

「宮田さんありがとうございます。今日は飲みたかったんで嬉《うれ》しいっす」

さっきわたしに腕を摑まれた若者がキラキラした瞳《ひとみ》でジョッキを持つ。最近の男の子はなんでこんなにも細いんだ。白くて細い。オマケに肌もツルツルだ。華奢《きゃしゃ》な彼が持つとさらにビールジョッキが大きく見える。

「あの、わたしまで来て大丈夫でした……？」

不安そうな顔でこっちを見つめる彼女は、巻き込み事故にあったような形で共に居酒屋まで来た。わたしが片腕を掴んだ若者のうしろにちょこん、といた、さらに若い女の子。二十歳そこそこだろうか、詳しい年齢はわからないが成人済みであることだけは、頭に入っている。流れで3人で飲みに行くことになった。しかし彼女はお酒はあまり強くないらしく烏龍《ウーロン》茶を飲んでいる。最近の若者は、先輩と飲みに来ても無理に酒を飲まない。ちゃんと断れるのだ。昔は無理にでも飲むことが美学だと思っていたが、そんな時代はどうやら終わったらしい。

「全然いいよ！　あんまり飲みに行けてなかったしね。コミュニケーションもっと取りたいなって思ってたんだよね！　飲まないとわかんないことってあるしさぁ」

半分ほんとの、半分嘘をわたしは饒舌《じょうぜつ》に語る。居酒屋の雑音に飲み込まれないよう、少し声を張りながら。

正直、この世界に飲まないとわかんないことなんて、多分ない。だけど大人は、歳を重ねるにつれ、どんどん素直になれなくて、お酒の力を借りないといけない瞬間が、確かにある。子供のころは素直に自分の意見や気持ちを表現できてたのに、なぜかできなくなる。子供から大人に成長すると、できることばかり増えていくものだと思っていたけど、中にはできなくなることもあるらしい。

だから、飲まないとわかんないことも、もしかしたらこの世界にはあるのかもしれない。

だが今日はそんなことよりも、塞《ふさ》ぎ込みそうになった自分の心を立て直すために、飲みに来た、というのが本音だ。目の前にいる若者たちと仲を深めたい、というのは建前に過ぎない。

是が非ともやりたい作品のオーディションの結果が届いたのがさっき。いや、正確には届いていない。何も届かなかったのだ。

役者のオーディションは、合格だった場合だけ連絡が来ることが多い。不合格の場合は連絡すら来ないのだ。合格だった場合や次の審査に進めた場合のみ、○日の○時までに連絡がいきます。といった形で、審査を通らなかった場合は音沙汰《おとさた》なしなのだ。

誰かに審査されるということは、とてもしんどい。見定められるように全身を見られ経歴を見られ、芝居を見られる。白い壁に囲まれた無機質な部屋で、自分の持っているものを全て出すことはかなり難しい。そんな中で、自分の今までやってきた全てを見せる。いや、全てを見せなくてはいけないのだが、全てを出し切れるようなことは滅多にない。そしてその結果、連絡すら来ない。その繰り返しは自分を否定されているような気持ちになる。しかも、自分を肉眼で見てもらえたならまだいい方で、書類で落とされることも多い。外見がダメなのか？　経歴が弱いのか？　直接見てもらうことすら許されないのか……自分という存在ごと、否定されているような気持ちになる。これぱっかりは何度経験しても慣れない。

今回も、いつものように連絡のないまま、今日を終えようとしている。指定された時間は過ぎたものの、今日という日が終わるまではまだ希望を捨てきれない自分が情けない。もしかしたら何らかの事情で連絡が遅れているのかも、という淡い期待だけで今日の残りの時間を過ごすことは、精神衛生上よくないことは分かっている。このまま1人で家に帰ってはいけない、と思い、いま共に稽古している若者を飲みに誘ったのだった。

本番をあと10日に控えたカンパニー。下北沢《しもきたざわ》の駅前の小さな劇場で4日間6公演。たったそれだけのために1ヶ月かけて稽古をする、演劇とは不思議な世界だ。

だけどそんな演劇の世界に魅了されてからはや14年。わたしはいつまでこの世界にいるんだろう。この世界に年齢制限はない。だけど、どんどんこの世界から離れていく大人たちを見ていると、どうも結果を残さずしてずっといていい世界ではないことに、わたしは気づき始めている。

「でもあのシーンはめっちゃいいっすよね。俺何回見ても泣きそうになります」

「新井《あらい》さんがめっちゃいいよね。あの人もっと売れていいよね？　絶対小劇場で終わっていい器の人じゃない」

「でもあたし、宮田さんのところも好きです。でもあれ堀《ほり》くんがめっちゃ微妙ですよね？　やりづらくないですか？」

「うーん……まあ打っても響かないけど別になんとかできてるよ」

「でもあれ堀くんがちゃんと受けて、返したらもっと良くなりますよね！　もったいないなー、堀くんって、顔いいのに」

「堀くん、まだ始めたばっかりでしょ、芝居。しょうがないよ、あれだけできてたら上出来よ」

「いや！　でも俺言いますよ、もっと芝居受けろって、堀に！　明日飲み行こっかなあ」

「いや堀くん19歳でしょ」

お酒が進み、どんどん気持ち良くなるにつれて、芝居論が熱くなる。するとさらに気持ち良くなる。なんとも形容し難い負のスパイラルだ。ここでの議論を、わたしたちは明日の稽古場に持っていくようなフリをして、実際はそのままここに置いていく。半分以上、いやほとんど全て忘れて、また明日を迎えるのだ。それがお酒の場でする芝居論の真髄。

だが今日は完全シラフが1人いるため、そうはいかないかもしれないな、と思いながらも、わたし達の激論は終電近くまで続いた。


「ただいま〜」

ほろ酔い状態で家に着き、玄関の戸をガラガラと開けながら声をかける。「ただいま」という挨拶《あいさつ》をかける相手が家にいるというのは、たまにしんどいが大体助けられる。特にこの職業は、1人で踏ん張らなきゃいけないから、余計に。

ふと玄関外の甕《かめ》に目をやる。入居したときからなぜかそこに在る、メダカたちの棲家《すみか》だ。覗《のぞ》き込むと、水面には柚子が毎朝律儀にあげているエサがまだ何粒かぷかぷかと浮いていて、なんだよ夏バテか？　とこっそり呟《つぶや》いた。

「おかえりなさい」

ワンテンポ遅れて障子が開いて、柚子が顔を出す。髪が濡《ぬ》れているのでお風呂《ふろ》上がりなのだろう。律儀にいつも挨拶をしてくれる。

わたしは玄関の引き戸を後ろ手で閉めながら柚子に聞く。

「今日湯船ためてる？」

「今日はためてないです」

「そーだよね、了解。最近暑いしね」

リビングでは珍しくソファに横になった楓がテレビを見ていた。そうか、明日は土曜日か。社会人も少し夜更かしのできる日だ。

「おかえり〜」

「ただいま。珍しい、今日はゆっくりできてるんだね」

「うん、今ちょっと落ち着いてる。那智は？　いまなんか稽古中だっけ？」

「そうそう。今度下北の劇場でやる舞台のね。良かったら観に来てよ」

ガサゴソとカバンから、いつでも宣伝できるように、持ち歩いているフライヤーを取り出す。馴染《なじ》みの店や近所の人に、宣伝するためのフライヤー。小さな劇団の小さな作品は、大々的に宣伝する機会もないので自分のSNSや自分の足で、宣伝も頑張らなくてはいけない。チケットも売らなくてはいけない。本番に向けてやらなくちゃいけないことは、お芝居だけではない。

「あれ、この人なんか前も見た気がする」

　フライヤーの写真を見て楓が指を指す。少し癖のある顔をしたおじさん。髭《ひげ》の生え方がロバート・ダウニーJr.のよう。この人は新井さんだ。自分の顔とよく合ったお芝居をする。さっきまでの若者との飲み会でもしきりに名前が挙がっていた、お芝居の上手なおじさんだ。

「よく覚えてるね。この劇団の人だから前回もいたよ」

　楓はわたしの舞台を観に来たことはない。忙しいだけではなく、おそらく演劇に興味がないように思う。つまり楓はフライヤーに載っている写真だけでこの人を記憶しているのだ。職業柄だろうか、と感心する。

「あれ？　那智、結局この劇団に入ったんだっけか？」

「ううん。やっぱり入んなかったの。だけどなんか気にかけてくれてて、今回で4回目かなあ、一緒にやるの」

「もうそれ劇団に入ったようなもんなんじゃないの？」

「いや、それは違うの。色々難しいんだよ。しがらみみたいなものだよ」

「事務所も辞めたんだよね？」

「そうだよ。今は、フリーでやってるの」

「いいじゃん。もうそういう時代だよ。誰かの下で働くよりも、独立してやりたいことやる時代だよねえ」

「……楓が言うと説得力ないんだけど」

「はは」

超大手の広告代理店に勤める楓に毒を吐きつつ、わたしもお風呂場へ向かう。一日を振り返りながら、シャワーを浴びる。明日も同じ稽古場に向かい、同じシーンを演じる。明日はどういうプランで臨もうか。毎日同じセリフを言うけれど、決して同じものにしてはいけない。というか、絶対同じものにはならない。その中でも、進化をしなければ。なんて考えていたら、連絡のないまま今日という日がちゃんと終わっていった。


いつもの道をいつもの時間に駅に向かう。駅近が売りのめだか荘は、駅までたったの2分で着いてしまう。なので歩きながらもうちょっと色々考えたいときは、わざと遠回りをして商店街の方を通っていく。

商店街のお店の壁には、リニア開通による大規模な土地開発の反対デモのポスターが貼られている。ずらっと。この光景はリニアの開通によりこの辺一体が開発区域にされました、という発表がされた3月くらいからずっと馴染みの風景だ。開発反対と太い筆で大胆に書かれた大きめのポスター。わたしたちの居場所を奪うな、という文字や故郷を譲らない、といった文字が並ぶ。シンプルながら強い意志を感じるデザインだ。それらはまるで舞台のセットのようだった。美術さんが用意した小道具みたい。

だが実際に、土日にはデモも行われている。この大ネット時代にデモ……と思うが参加するおじいちゃんおばあちゃんたちの目はいつも真剣だ。それこそ昭和の学生運動さながらの熱量。だが背景にはガラス張りのおしゃれなカフェに、空まで伸びる駅ビル。その時代の高低差があまりに滑稽《こっけい》で、デモに遭遇する度にわたしはなんだか言いようのない哀しみを感じてしまうのだった。

いつものおにぎり屋さんで鮭と昆布のおにぎりを買って、稽古場に向かう。

今日は稽古場での最後の日だ。明日から劇場に入り舞台を完成させて、明後日《あさって》には役者陣が場当たり。そして明々後日《しあさって》の昼にはゲネプロ、という本番さながらの最終稽古をしてついに夜には初日の幕が開く。

今日も細かい確認を少しばかりしたら通し稽古だ。本番通りの衣装を着て、タイムを計りながら最終確認をする。演劇に正解はない。本番前といえど、果たしてこれで完成なのかわからない。よし完璧《かんぺき》だねこの調子で本番を迎えよう！　となることは、これまでもこの先もない。常に正解のない問いに、堂々と回答していかなければならない。誰も当たっている、とも間違っている、とも言ってくれないのに。

頭の中で芝居のことを確認しながら向かっていたら、あっという間に稽古場に着いた。

本番を控えたこの時期の、作品のことだけを考えられるこの時間が好きだ。先のこと、将来のこと、未来のことを無駄に考えなくていい、他のこととの入り込む隙間のないこの時間が。

ただただ芝居と向き合うだけの、この時間が。

そう思っているのは自分だけではないようで、稽古場ではすでに集中している役者陣たちが各々ストレッチや小道具の確認をしていた。お金のない中必死にかき集めたり、手作りでまかなった小道具たち。それらが陽の目を浴びる時間は短いが、わたし達はすでにその小道具たちに愛おしさを感じている。

「ウィーっす」

稽古開始時間ギリギリで、演出家である西岡《にしおか》さんが稽古場に入ってくる。西岡さんの挨拶におはようございまーす、と応《こた》えるわたしたち。西岡さんは今回の舞台の主宰者だ。西岡さん率いる劇団「ちょっ突猛進」の第15回公演「名もなきわたしたちの見る夢は。」は何も持っていない、人生に期待も失望もしていない、いわばエキストラのようなわたしたちが旅先の離島の古いバーで偶然出会い、バーのマスターの半生を聞いているうちに自分はこのままでいいのか？　と思い人生の主役に成り上がろうとする物語。誰もが自分の人生の中では主役なのに、それに気づけていないことを説く話である。まだ名のないわたしたちには共感できる部分や刺さるセリフがオンパレードな作品だ。下北沢の小さな劇場で上演するのにこの上なくピッタリである。

わたしは劇団員ではないため、一応ゲストという扱いである。わたしの他にも劇団員ではない役者が6人いる。この前飲みに行った若者2人もそうだ。ただわたしは「ちょっ突猛進」の舞台に出るのは4回目のため、劇団員たちとも仲がいいし、正直劇団員みたいなものだ。当然西岡さんにもかなりの信頼を寄せている。師であり、父親のような存在だ。

西岡さんの後ろに知らない男性が続く。しっかりと背筋の伸びた男性だ。目のギラギラを失っていないからか、西岡さんよりも若い印象を受ける。まだ紹介されていないスタッフだろうか。本番前の稽古場には、稽古初期には顔を出さなかったスタッフもしきりに詰めかける。音響、照明……舞台をつくる上で不可欠な、本番を共に駆け抜ける技術班のスタッフたちだ。こういった小さな劇団では、外注で頼むのではなく身内の人間でまかなっていたりする。もともと芝居をやっていた、演劇の道を志していた同志たちが、さまざまな理由でそちらにまわっていたりするのだ。

ただ劇団「ちょっ突猛進」の技術班は、主宰の西岡さんの大学の頃の同期たちがやっているため、もともと役者志望の人間ではない。普段は映画やドラマの現場で技術班として働く、本職の人間だ。昔のよしみで劇団の手伝いをしてくれているらしい。西岡さんは大学生のころ演劇のサークルで名を馳せていたらしく、そこのサークルメンバーは、いまエンタメの世界の第一線の様々な分野で活躍をしているらしい。どれだけ大きなステージや現場を経験しても、「ちょっ突猛進」の小さな舞台にはほぼ必ず駆けつけてくれる。それは西岡さんの人柄ゆえだろう。

さすがにわたしも4回目なので、技術班のスタッフさんたちとも仲良しだ。音響の熊田《くまだ》さんは名前のとおり、熊のように大きい身体だけど優しい目をしていて、トラブルがあっても臨機応変に対応をしてくれる。照明の林《はやし》さんは繊細な灯りづくりで小さなステージを華やかにしてくれるザ・プロ。普段は物静かな職人気質だが酔うとギャグも言う実は明るい人だ。もう「ちょっ突猛進」のスタッフや演者、全員と会った気でいたがまだ知らない人がいたのか。

「はい、じゃあ10分後、衣装つきで通しねー」

男性の紹介は特にないまま、稽古が始まった。


「お疲れさまでした〜！」

全ての稽古と明日からの小屋入りのための準備を済ませ、わたし達は稽古場近くの居酒屋に来ていた。稽古場最終日は早めに稽古を終えて、後片付けをしつつ劇場入りのための準備に取り掛かる。明日は舞台上でセットを完璧に作り上げないといけないため、借りたトラックに本番でも使う椅子や机、小道具をつめこむ。その作業も、自分たちでやらなければいけない。力のある男性が大道具を、女性は細かい片づけや小道具、衣装の担当だ。

稽古場はクーラーが効いていて涼しかったが、一歩外に出るとすぐに汗が噴き出る。作業をしていると、余計に。いつの間にか季節はすっかり夏になっていた。

照りつける陽も傾いてきた頃、作業が全て終われば、ようやく「稽古終了」だ。劇場に入ってからの作業はいわば「確認」。つまり、練習はもう終わり。残るは確認して本番のみ。

このタイミングで飲むビールも、またやたらに美味い。

「あ〜〜〜っ、美味い！　くるなぁ」

新井さんが髭にビールを少しつけながら唸《うな》る。普段から美味しそうにお酒を飲む人だが、今日のお酒はさらに格別らしい。

「美味いっすねぇ。てかやっぱり新井さんいいっすわ。しまりますね」

わたしの知らない男性も、飲み会に参加していた。すごく自然に。稽古場での片付けが始まったとき、西岡さんとふらっといなくなったと思ったら、居酒屋でふらっと2人とも合流してきた。

「ありがとねー。てか久しぶりだよなあ、忙しそうで何よりだよ」

「いやいや全然っす。まあ、ありがたいですよね、縁があってね、今やれてますから」

男性は、新井さんと親密な関係に見えるがやたらと敬語なので、どうやら新井さんより後輩らしい。大学時代の後輩だろうか。新井さんと西岡さんは大学時代の演劇サークルで出会っている同級生だ。ということは、西岡さんの後輩でもあるのか？

「堀くん飲んじゃダメだよ」

「えー、俺飲みたいっす！　あと4ヶ月だからダメっすかねえ」

「ダメだよ。じゃあ誕生日みんなで飲みに行こっか」

「おー、祝ってやるよ！　二十歳大事だもんな」

「マジっすか！　やったー！　伊《い》織《おり》先輩と湊《みなと》さん約束っすよ！」

それぞれのテーブルでは、思い思いに会話がはじまっていた。それぞれが本番前の束の間の開放感を楽しむ。明日、明後日からはまた真剣に芝居と向き合う。そのためには一旦忘れて、無礼講な夜も必要だ。

「宮田さん、あのシーンの堀めっちゃ良くなりましたよね。俺言ったんすよ、もうちょっと芝居受けろって」

「あー、そんな話あったね。言ったんだ、結局」

若者たちと3人で飲みに行った夜を思い出す。伊織祐介《ゆうすけ》と、山崎《やまざき》湊と。あのあと伊織は、結局堀くんに芝居のダメ出しをしたらしい。忘れられていなかった会話たちに、よかったねと心で呟いた。

「でも堀はマジで頑張った！　えらいわ、俺の19歳とは比べ物にならん」

「伊織先輩そんなに変わんないじゃないですか」

「いや、マジ、ガチ違う。ハタチの壁はデケェから」

偉そうに語る伊織は、だいぶお酒が回っているようだ。白くて細いから、脱力系の令和男子かと思いきや、彼は体育会系の昭和熱血男子だった。しかも語る系の。

こうやって一つの作品を創り上げている仲間とお酒を飲むのが、やはり好きだ。舞台を作り上げる、というのは共同作業だ。誰かをおもいながらの共同作業。1人はみんなのために、みんなは1人のために。まさに、体育祭や文化祭の前日みたいな青春だ。それが大人になってもずっと続いている、役者とは幸せな職業だ。

幸せを噛《か》み締めながらお酒を飲んでいると、誰かに名前を呼ばれた。

「……那智！　那智！」

声のする方へ向き直ると、手招きする西岡さんが見えた。どうやら呼ばれているらしい。

「はい？」

少し離れたところに座っていたので、移動して西岡さんのもとへ行く。西岡さんの向かいには新井さん、隣にはまだ紹介されていない、あの謎の男性。

「那智、紹介するよ。俺の後輩で、今ネットリーダスで働いてる、石丸《いしまる》さん」

「石丸です。どうも」

わたしが稽古場から抱いていた疑問が伝わったのか、西岡さんが謎の男性を紹介してくれた。

ネットリーダスとは、サブスク系のネットチャンネルだ。月額980円でコンテンツが見放題である。海外ドラマや映画、バラエティにドキュメンタリー。様々なジャンルの作品を見られるだけでなく、オリジナル作品も豊富だ。

最近では地上波のテレビドラマよりもバズる傾向にあり、リーダスの作品を見ていないと話についていけないことも多い。リーダスオリジナル作品はクオリティも高く、お金がかかっているように見える。今やテレビは若者達にとって、ネットを見るためのデバイスだ。その考えを促進したのも、リーダスである。

「宮田那智です。初めまして」

もちろんわたしも、リーダスは契約している。正確には、元彼のアカウントを未《いま》だに勝手に使っているのだが……。

「石丸はさ、もともと演劇サークルで一緒にやってたんだけど、俺なんかよりも早く役者辞めて、なあ」

「いや、いいっすよその話は！　向いてなかったんですから」

恥ずかしそうに石丸さんは手を振る。西岡さんよりもルックス的には役者っぽいが、西岡さんもだいぶ前に役者を目指す事をやめ、演出側にまわったわけだから、それよりも早いとなるとよっぽど向いてなかったのだろう。お芝居が壊滅的に下手だったのだろうか。それとも、諦《あきら》めの早いタイプなのか。

「だけど今じゃ結構偉いんだもんなぁ。早く俺を使えよリーダスの作品で！　書くよ！」

「いや是非とも。お願いしたいっすよホント。でも僕にそんな力ないんで。スミマセン」

「おいー。でも、那智使ってくれるんだろぉ？」

「いや、使うとは言ってないっす！　でも、宮田さんにピッタリのいいオーディションがあって」

突然話の軸が自分に向いた。

「今度やるリーダスのオリジナル作品に、宮田さん向いてそうだなと思って。オーディションがあるので是非参加しませんか？」

「えっ⁉」

思ってもいなかった突然のチャンスに心臓が跳ねる。リーダスの作品に出られることになったら……と猛スピードで妄想が駆け巡る。脳が痺《しび》れるほど濃い色彩の妄想だ。オーディションとはいえこんなチャンスはない。合格してもいない、そもそも受けてもいないオーディションにここまで胸がときめくことは滅多にない。それはリーダスの作品だからだ。リーダスの作品に出られたら、見てくれるのは日本人だけじゃない、視聴者は世界だ。

「やります！　やりたいです、是非！」

「ただ……」

石丸さんの口角が右側だけ少し上がる。それと連動して、右の眉毛《まゆげ》が少し下がる。

「脱がなくちゃいけないいんだけど大丈夫かな？」


幼い頃からずっと女優になりたかったわけではない。

人生で初めて「将来の夢」を意識させられたのは幼稚園の卒園アルバムだった。まだ文字を覚えたばかりだというのに、一丁前に将来の夢について書かなくてはいけなかった。それまで、お母さんごっこだったりお医者さんごっこだったり、テレビで見る魔法使いだったりに影響されて、なんとなく「コレになりたい」と口にしていたものが、文字として、将来見返せるものとして残る。

わたしはなんの気無しに「ケーキ屋さんになりたい」と書いた。周りがみんなそう書いていたからだった。女の子達は大体ケーキ屋さんかお花屋さんの2択だった。

自分の中でハッキリと「女優になりたい」という意思が芽生えたのは中学生の頃だ。初めて付き合った彼氏と、初めてのデートで映画館に行ったとき。そこで20分遅刻してきた彼のせいで、観る予定だった流行《はや》りの映画に間に合わなくて、時間の都合でしょうがなく観たアングラ映画に衝撃を受けた。

それまで、映画館ではアニメの映画しか観たことがなかった。だからこそ、ものすごい衝撃を受けてしまったのかもしれない。あるいは、全くなんの期待もなくフラットに観たのも原因の一つかもしれない。スクリーンに映る女優さんが涙を流すたびに、自分も連動しているかのように涙が溢《あふ》れた。その人の気持ちが痛いほどに伝わって、本当に心が痛くなった。ストーリーは中学生にはまだ早く、よくわからなかった。だけどとにかく感情だけが揺さぶられる。そんな経験は初めてだった。

映画を観終わった後も、しばらく放心してしまい椅子から立てなかった。当時の彼氏に大丈夫？　と聞かれたような気もするが、わたしは多分無視してしまったと思う。映画を観るまでずっと、初めてのデートによりソワソワドキドキしていた心臓が、今は違った意味でドクドク波打つ。人生でたった1回しかない初デートだというのに、わたしの中ではあの映画によって齎《もたら》された初めての衝撃しか記憶に残っていない。そのあとすぐ、初めての彼氏とは別れた気がするが、どのように別れたかも覚えていない。それほど、映画で頭がいっぱいになった。

自分の人生の選択肢に、「演じる」という項目が突然ポンッと現れた。それは将来の夢という漠然としたものではなく、今すぐにでも、といった衝動的なものだった。いてもたってもいられない、そういった感覚的なものだった。すぐにその女優さんを調べて、過去の出演作などを見漁《みあさ》った。他にもそこから派生して、同じ監督の映画を観たりした。今まで映画やドラマの世界は、自分とは全く関係のないところにあると思っていたが、興味を持ってみるとそれは意外と近かった。別世界や異空間ではなく、自分の住むこの世界となんら変わりないところにあるのだ。それが不思議だった。お化けやゾンビが出てくるものもあれば、時代が違うこともある。宇宙に行くことだってある。だがその世界は、ちゃんと自分の世界の延長線上にあるのだ。あの世界に入りたい。わたしもあの女優さんのように、誰かに衝撃を与えるほど、演じてみたい。

高校生に上がり、すぐに養成所に入った。そこからわたしはずっと、お芝居に夢中だ。演劇に夢中だ。それこそ、演じているときは生きていると感じる。あの日観た女優のように。だがわたしが憧れていた世界に入る頃には、あの日観た女優はひっそりとこの世界を引退していた。

その女優の出演作の中には、彼女が脱いでいるものもあった。全然聞いたことのないタイトルだったので、それほど世間に認知されていない作品だと思う。実際観ても、特にピンとくる映画ではなかった。

女性が裸になるということは、たくさんの意味を持つ。自分を晒《さら》すのだ。怖いに決まってる。でもいつか、この作品のためだったら、脱いでもいい。そう思える作品に出会いたいという思いは、女優魂なのだろうか。わたしも女優を志した日から、いつか脱ぐかもしれないなという思いはどこかにあった。だけどそれは、最終手段のような気もしていた。

あの日はとりあえず二つ返事で「大丈夫です！　是非よろしくお願いします」と答えて、まずは本番に集中しないとね、という流れになり、この舞台の本番後にオーディションを申し込むことになった。

見た目よりも重い鉛のようなもので胸をグッと押されたような感覚が残る。オーディションは確かにチャンスなのに、迷ってしまっている自分に、覚悟が足りないのでは？　という疑問が渦を巻く。

まずは目の前の舞台のことだけを考えていたかったが、そうもいかなくなってしまった。だがしかし、本番はやってくる。気持ちを切り替えて、しっかりと集中しなくては。

公演前の最終確認、ゲネプロは本番通りに行われる。衣装をつけて、音楽に照明、全てが夜に控えた初日公演と同じだ。ただ違うのは、客席にお客さんがいないということだけだ。だが0というわけではない。今回の公演にはスケジュールの都合などで出られなかった劇団員や、本番の日程にどうしても合わなかった知り合い、業界関係者などが観にくる。そのため座席はまばらに埋まっている。どうしても本番ほどの引き締まった空気は出せないにしても、人様に観せている以上、これはもう立派な「公演」である。

特に劇団「ちょっ突猛進」のゲネプロは、他の劇団の作品よりも観にくる人が多いように思う。メジャーでこそないが、アングラ界隈《かいわい》では名の通った劇団なので、新作公演を楽しみにしている関係者はたくさんいた。

今日のゲネプロもたくさんの関係者が観にきていた。その中にはネットリーダスの石丸さんもいた。

ゲネプロが終わり、挨拶をしに劇場の入り口へ向かう。小劇場の楽屋は狭いので、お客さまを裏に通すことはできない。演者側が客席側に行くのだ。

楽屋口から一度外に出て、表にまわる。扉を開けた瞬間に、蒸し暑い外気が流れ込んできた。照りつけるような日差しの太陽。わたしは腕で太陽からの死角を作りながら表に向かった。

スタンド花の並んだ劇場入り口は、先ほど観たゲネプロの感想で盛り上がっている芝居人達がたくさんいた。見たことのある顔ぶればかりだ。本当にこの界隈は狭い。先ほど芝居を終えたばかりなのに、もうすでに新井さんは劇団のオリジナルTシャツを着て、うっすら見覚えのある人たちと盛り上がっていた。わたしも観にきてくれた知り合いを探す。

「那智！」

突然名前を呼ばれ振り返る。するとそこには探していたのとは違う、懐かしい顔があった。

「……未来《みくる》⁉　え、久しぶり！　来てたの？」

「観てたよ～、お疲れさまでした」

「びっくりした、元気だった？」

「元気だよー、いやぁ、おもしろかったよ！」

わたしが未来と呼んだ女性は、ふわりと柔らかい表情で微笑んだ。


滞りなくゲネプロを終えたわたしたちは、滞りなく本番を終えた。文章にするとあっけないが、もちろん腹の底から、足の裏から、エネルギーが湧いてくるような初日公演だった。

初日には、初日にしかない特別な高揚感がある。本番前に役者同士で「初日おめでとうございます」と声を掛け合うときの、これがゴールでありスタートなんだという気持ちの引き締まり方は他では味わえない。そして幕が開いたときの、満員の客席。初めて第三者の前で演じる、自分で息吹を吹き込んだキャラクター。稽古時ではあり得なかったハプニングなんかがついてくることもあるが、それもまた醍醐味《だいごみ》である。そして最後、全員で1列になり挨拶で締める。沸き起こる拍手。充実感に満ちた劇場。全て舞台に立たないと味わえない気持ちだ。そして今日は初日だったので演出の西岡さんも舞台に上がり、挨拶をした。

まだ高鳴ったままの胸を抑えながら、劇場の近くの居酒屋「赤とんぼ」にみんなで向かう。おにぎりが有名な古い居酒屋で、今日は2階の座敷がちょっ突猛進のメンバーにより貸し切られていた。ここを仕切るおばちゃんは西岡さんが大学生の頃からお世話になっているらしい。風情のある古い建物がまた味がある。

ゾロゾロと劇場から赤とんぼに流れていく。新井さんや今回の舞台の主演、ちょっ突猛進の有望株、白石《しらいし》くんは裏口でファンの人に捕まり、サインをしたり握手をしたりしていた。とは言っても小さな劇団の劇団員なので長蛇の列ができることはなく、10分くらい遅れて2人とも赤とんぼに着いた。

わたしもライブ配信を始めてからいわゆる「ファン」的な人がつき始め、危ないから最近は劇場から1人で出ることは無くなった。今日も伊織が一緒に着いて出てくれたが、1人が表で売られている台本を持ってサイン待ちをしているだけだった。

「よっしゃ、飲み物回ったか～？」

一番偉いはずなのに、上座ではなく入り口付近を陣取る西岡さんが声をかける。西岡さんのお決まりの定位置だ。主宰だからといって偉そうにしない、西岡さんのポリシーだ。「まわりました～」とみんなが口々に応え、全員がグラスを手に持っていることの確認が取れる。それを見て西岡さんが立ち上がる。

「えー、はい。今日は皆お疲れさまでした！　初日おめでとうございます。無事に開けたね」

全員の視線を独り占めしながら、西岡さんが話し始める。手には生ビールのジョッキ。いつの間にか西岡さんも、ちょっ突猛進のオリジナルTシャツを着ていた。

「ゲネを観に来てくれた人たちからの評判も上々です。チケットも、まぁまぁ売れてるし。でも油断はするなよ～、全公演完売してるわけじゃないしな。まあこっからクチコミでもうちょい売れると思うよ。たくさんの人に観てもらいましょう！　では乾杯！」

カンパーイとみんなが口々に言い、ビールジョッキを掲げる。今日は人生で2番目にビールが美味い日だ。

わたしも隣の伊織と、逆サイドの未来と、向かいに座る堀くんと乾杯をした。出演者だけでなく、観に来てくれた関係者たちも巻き込んでの初日乾杯はかなりの大所帯となった。

「那智、良かったよ～。今回の役、すっごい那智に合ってるね」

未来が素直に感想を話す。未来はビールジョッキではなく烏龍茶のグラスを持っていた。赤いストローの刺さった烏龍茶は、斜め前の山崎湊も持っている。

「ありがとう。未来と最後に会ったのいつだっけ。なんか一緒にやってたときだよね」

「そうだよ、カモメね！」

「そうだカモメだ！　懐かしいなー」

未来とはちょっ突猛進の第8回公演のときに出会った。彼女もまた、劇団員ではない。小さな事務所に所属する女優だ。そのあとも2回ちょっ突猛進の公演で共演している。同い年ということもありすぐに意気投合したのだ。

舞台で出会った共演者と、わざわざ予定を合わせて会うほどの仲になることは実は珍しい。だが未来とはちょくちょく会っていた。お昼からランチしてカフェでまったり過ごすこともあれば、カラオケで大熱唱したこともある。何軒もはしご酒をして、最終的に公園で2人で潰《つぶ》れて朝を迎えたことも。だが最後の共演であるちょっ突猛進第12回公演『カモメ』、言わずと知れたアントン・チェーホフの戯曲をちょっ突猛進らしくいじった作品での共演を最後に、ぱったり会うことがなくなっていた。

実はその時期、居候をさせてもらっていた先輩女優と揉《も》めて、急遽《きゅうきょ》家を出なくてはならなくなった。人間関係に疲れてしまって、それを機に交遊関係を少し整理したのだ。それを境に会わなくなった友達がいる。未来もその1人だった。

急なことだったので、他の先輩に教えてもらった女性専用のルームシェアアプリで、駆け足で今のめだか荘の入居を決めた。熟考する時間もなく決めた今の家だが、レトロな造りと、程よい距離感の住人たちが気に入っている。まあもうすぐなくなってしまうのだが。

「なんかしばらく来ないうちに、知らない人増えたなあ。新井さんは相変わらずそうで安心するけど」

「今日はただ観に来たって人もいるからね、わたしも知らない人いるよ」

「あの西岡さんの隣に座ってる人は誰?」

未来が石丸さんを控えめに指す。

「あれは、ネットリーダスの石丸さん」

「ネットリーダス!?　わたし今『君と会う4月』めっちゃハマってるんだけど！」

『君と会う4月』は韓国のリーダスオリジナル作品だ。ここ最近の韓国のドラマや映画の勢いはすごく、リーダスオリジナルのものも、そうでないものも軒並み視聴人気ランキング上位を占めている。純愛ものからファンタジー、歴史モノにゾンビもの、何を配信しても韓国の作品は強い。

「西岡さんの後輩らしいよ。演劇サークルのときの」

「あー……ね、なるほど」

「それでね、今度ネットリーダスでやるオリジナルドラマのオーディションに誘ってくれたの」

「え、那智を!?」

「そう」

「すごいじゃん！　それ決まったら世界の宮田那智だね。主演のオーディション？」

「いや、主演ではないけど。でもメインからそうでないところまで、とにかくオーディションで人を見るみたいで」

「そっか。いやでもすごい！　チャンスだね。那智は綺麗《きれい》だし、もう、早く見つかってほしいわ」

「ありがと。未来は？　最近どうしてるの？」

「わたし？　わたしは……あー、そうね」

言葉が少し濁る。一瞬の間が生まれ、居心地悪そうに足を組み替えてから、未来は再度口を開く。

「お芝居やめちゃったの。結婚することになって。言えてなくてごめんね」

「え⁉　うそ、びっくりした。でもおめでとう」

「ありがとう。それでさ……赤ちゃんもいるの、今。お腹にね」

「えっ⁉」

流石に驚いて大きい声を出してしまった。だが周囲の盛り上がりによってわたしの声はかき消される。なるほど、だから烏龍茶を飲んでいるのか。未来はお酒が好きだったのになんでだろう、と思っていたが、まさか妊娠していたとは。

「驚くよね。わたしも驚いたけど」

「いや、ま、まあ驚くね。でもおめでとう。……おめでとうでいいんだよね？」

「ははっ。おめでとうでいいよ」

未来の笑顔に安堵《あんど》する。未来とは、よく芝居について語り合った。芝居だけではない、仕事について、今後について、人生について……熱い想いをしっかりと持っている人で、お芝居に対してまっすぐだった。お芝居だけではない。まっすぐに夢を見据えていた。夜更けのファミレスで語り合ったこともある。未来は映画が好きで、そんなの誰が観るのというような小さな映画までしっかりとチェックしていた。海外の作品もよく観ていて、将来は海外の映画祭に出展されるような作品で主演を張りたいと言っていた。主演女優賞を獲《と》りたい、と。

メインを張りたいという明確な目標を持ち、それに対して甘えることなく進んでいく、自立した女優だった。

「ずっと悩んでたからさ、続けるかどうか。そのタイミングで子供できて、これはもう神様のお告げかな、ってね」

未来の烏龍茶のグラスの氷がカラン、と揺れる。

「最初はやっぱりもうちょっと続けたかったかも、なんて思ったけど。まだ諦めるのは早いんじゃないかって。でもね、子供できたって彼に話したらめっちゃ喜んでくれてさ。あ、カモメのとき話してた人ね。なんかこういう人生もあるのかもーって思ったわけよ。今まで芝居のことしか考えてこなかったからさ、演劇以外のことに意味なんてないと思ってたし。やばいよね、その思想も。今思うと若くて青くてウケるんだけど。だから、ふと現実見たときに、まあ自分も30歳になるしそろそろ考えないといけないのか、って思ったんだよね。そんなタイミングで赤ちゃんが来てくれたんだから、わたしは幸せだと思うよ。欲しくてもできない人もいるわけだし……」

未来は烏龍茶についている赤いストローをぐるぐると回す。溶けた氷から出る水分で烏龍茶はどんどん薄まる。

「だからってわけじゃないけど、那智のことはめっちゃ応援してる。自分は諦めちゃったから。チャンスがあるのは羨《うらや》ましいよ。絶対つかんでこい、那智」

バシッとわたしの背中を叩《たた》く。未来の目は優しくて、冗談じみていたが本心のように思えた。自分が本気で追っていた夢を、他人が追うことを応援するのは難しいことだと思う。諦めてしまった夢なら余計に。それでも素直に応援できる未来は強い。だけどわたしは、そのチャンスには代償が伴っていることを最後まで言えなかった。

「ただいま〜」

終電を逃してしまったため、家の方向が一緒の伊織と堀くんとタクシーを途中まで相乗りした。少しでもタクシー代節約のための相乗りだったはずだが、年下にお金を払わせるわけにはいかないので結局自分で全額払った。伊織はかなり酔っ払っていて最後まで「俺も出しますよぉ！」と言っていたが丁重に断った。自宅近くの道路沿いで降ろしたのでちゃんとマンションまでたどり着けているか疑問だ。まあこの季節だったら道路で寝てしまっても死なないから大丈夫だろう。それにしても、結構な散財だ。

明日も平日のため、おそらく全員が寝静まっているであろううめだか荘のリビングの戸を引く。いつもだったら余裕で酔っ払っているくらいのお酒の量を飲んだが色々なことを考えてしまい酔っ払えなかった。情けないし、なんだか勿体《もったい》無い。

初めて聞いた同年代の勇退は刺さるものがあった。魚の小骨が喉に刺さった感じ……いや、小骨どころではない。魚の立派な肋骨《ろっこつ》の骨が刺さっているような感覚があった。今まで目を背けてきた現実を、無理矢理見させられているようだった。そしてその現実は、特に厳しいようには見えなかった。

「おかえりなさい」

突然の声にビクッとする。リビングの電気は消えていたが、その向こうの洗面所の電気はついていた。そこにパジャマを着てもうコンタクトも取ったのだろう、眼鏡姿の柚子がいた。

「……びっくりした。もう寝てるのかと」

「明日はうちの会社、創立記念でおやすみなんですよ。なので今から映画でも見て、夜更かししようかと」

柚子は名前にぴったりの、黄色い長袖長ズボンのパジャマを着ている。ちゃんと上下お揃いだ。

「あ、那智さん初日お疲れさまでした」

丁寧にペコリと頭を下げる柚子。

「あ、ありがとう。覚えててくれたんだね」

「当然です。明後日楽しみにしてますね。遥香さん行けなくなっちゃったみたいなんですけど」

「え!?　聞いてないぞ」

「すっかり忘れててネイルの予約しちゃったんですって。担当している方が人気でなかなか予約取れないみたいなんですよ。なので代わりに、遥香さんのお友達が来ますよ」

「あー、いつもの」

「利麻さんだったかな？　確か。なんだかんだでわたし、よく会ってますね」

「わたしも。ちゃんと喋《しゃべ》ったりしたことはないけどね」

「……那智さん珍しくしっかりしてますね」

「え⁉　どういう意味？」

「いや、いつも初日の後は、結構酔っ払ってるというか、気分良さそうな感じで帰ってくるので」

めだか荘で同居を始めてから、1年と少し。つまり出会ってからまだ1年と少し。しかしたかが1年、されど1年。色々とばれているらしい。

「すごいね。柚子の目にはいつもそう映ってるのか」

「あ、いやいい意味ですよ！　充実した一日だったんだろうなあって思って」

「そうだねー、初日のあとに飲むお酒は別格だね」

「羨ましいです。きっとわたしには一生わからない感覚なので」

柚子がソファに座りテレビを点《つ》ける。部屋を暗くしたまま映画館のようにして映画を楽しむつもりらしい。ネットに繋《つな》ぎネットリーダスをつける。

「なに見るの？」

「最近リーダスで配信された映画です。最近は映画館で上映しない映画もあるんですよね。配信だけの映画」

「そういうのおもしろい？」

「面白いですよ。レベル高いです」

「……わたしさ、今度ネットリーダスの作品のオーディション受けるんだ」

「えっ⁉　すごいですね。絶対見ます」

「いやまだ受かってないから。てか受けてもないから」

「そうですね、気が早かったです。応援してますね」

「ありがとう」

慣れた手つきで、柚子はネットリーダスの中からお目当ての映画が配信されているページまで進む。配信されたばかりの注目作らしくホーム画面の一番上に出てきた。邦画だ。最近映画界で引っ張りだこの女優がサムネイルに映る。そばかすが可愛らしい、倉木凜《くらきりん》だ。一歩間違うと棒読みのような独特な台詞《せりふ》回しは、邦画の雰囲気をグッと格上げする。まだ若いのに彼女の佇《たたず》まいは名前のとおり凜としていて、自信があるのに嫌味がない。そしてフィルムカメラで切り取ったような、懐かしくも新しいような表情をする。彼女の人気、起用の理由はそんなところにあるのだろう、とわたしは分析している。

「……それなんだけどさ」

「この作品ですか？」

「あ、違う、それじゃなくて……わたしの受けるやつ」

もう映画が始まる、その本当に0コンマ何秒前。わたしは流れるように話し出していた。

「わたしが次受けるリーダスのオーディションのやつさ。それ、脱がなきゃいけないんだよね」

「え？　脱ぐって、ベッドシーンがあるってことですか？」

「そうそう。ベッドシーンもあるし、とにかく条件が脱げる人、ってことなの。バストトップが出せる人、お尻とかも出せる人」

柚子はわたしの話を、変わらぬ表情で聞いている。その表情から感情は一切読みとれない。

「もちろん脱いだことないしさぁ。緊張するよね」

「……那智さんは、どう思ってるんですか？」

「え？」

「その、脱ぐことについて」

「うーん、それは、正直この話が来るまで、現実的に考えたことはなかったなあ」

「抵抗、あります？」

「抵抗は、正直あんまりない。もちろん家族のこと考えるとなんか、申し訳ないような気もするんだけど……その作品が良くなるんだったら、別にいいかなって。わたしなんかの裸で良ければって感じかな。特になんの価値もない裸だしね」

「そんなことないですよ。20代の今しかない綺麗な身体ですよ。価値がありますよ」

「そうかな。でもだとしたら尚更見せておくのもいいような……」

「これは、わたしの意見ですけど、」

「うん」

「たかがいち意見ですので、気にせず聞いてくださいね。わたし映画が好きでいろいろ観てきたんですけど、裸体が必要な映画なんてないと思うんですよね。というか、見えていても見えてなくても一緒だと思うんです。大事な部分が隠れていたって成立します。なんだよ見せないのかよ根性ないなあとか思わないですよ。脱ぐことイコール体を張っている、女優魂なんてことはないと思うんです。むしろ脱がなきゃ成立しない、脱がなきゃ価値がない画なんてそれは監督の力不足ですよ。服を纏《まと》っていたっていくらでも色気のあるシーンにできます。それは監督さんだったり役者さんの力量で。だから脱がなきゃいけないなんてことは絶対にないと思ってるんです。脱がないベッドシーンだって、全然いいと思っていて。ただ意味もなく女の子を脱がせようとする作品は、女優さんの魂を相手にした詐欺ですよ。あっ、もちろん今回のリーダスの作品が、そんな酷《ひど》いものだとは思ってないですけど」

逆になんの思想も思考もなくナチュラルに裸でいるシーンも、それはそれでいいんですけどね、と柚子は慌てて付け加えた。

「那智さんの気持ちを安く扱われたくないなあ、って気持ちです、わたしは。でもどちらの道も応援しますよ」

わたしは柚子の早口に圧倒されて小さくありがとう、と呟いた。柚子は少し微笑んで再生ボタンを押した。

土日は昼夜の2回公演となる。今回の「名もなきわたしたちの見る夢は。」は西岡さんが初日の打ち上げで話していた通り評判が良く、土日の4公演は完売していた。日曜日の夜公演で千秋楽。早くも終わりを迎える。

1ヶ月ほどかけて準備してきたのに、始まってしまうと終わるのが異常に早い。何度やってもこのスピードに慣れることなく、実感のないまま終わってしまう。演劇とは儚《はかな》いものだ。

土曜日の夜公演は、柚子が観に来ることになっている。遥香も来たがっていたがうっかりネイルの予約を入れてしまったため代わりに利麻さんが来る。楓は案の定、忙しいから、という理由で来ない。

昼公演も、政弥をはじめとする行きつけのたこ焼きバーの常連たちが観に来てくれることになっている。そう考えると、今回遥香が来られなくて良かったのかもしれない。

わたしはがらんとしている客席を眺めながら、舞台の上にストレッチマットを広げて準備をする。

身体を伸ばしながら考える。もしあのオーディションに合格して、自分が脱ぐことになったら。

一昨日《おととい》ふと、柚子にこの話をした。相談するつもりはなかったが、お酒の力もあったのか、気づいたらぺらぺらと話していた。心のどこかで、誰かに相談をしたかったのかもしれない。

柚子はいつもふんわりとしているのに、熱量を持って話を聞いてくれた。そしてしっかりとした口調で意見をくれた。柚子が真剣に考えてくれたことが嬉しかった。

リーダスの作品に出るということは、全世界の人に見てもらえるかもしれないということだ。だが今回は同時に、自分の裸体も全世界に配信されるのだ。家族も見るだろうし、友人たちも見るだろう。性の捌《は》け口として消費されることもあるかもしれない。そして一度配信されたら、一生残るのだ。将来自分の家族になる人はどう思うだろうか。今までは結婚について、あまり考えたことはなかった。だが実際に未来が新しい人生を選択しているのを見て、はっとした。将来のことを、もっと考えなくてはいけない年齢になっているのだ。自分にもいつか、子供ができるかもしれない。そのとき子供は？　それが原因でいじめられたりしないだろうか？　そもそも覚悟を持って挑んだのに、大したことない役かもしれない。ちょっとの出番かもしれない。それでもチャンスだと、意気揚々と脱ぐのか？　脱いだからと言って、売れるのか？

「ウィーっす」

客席のドアから、気だるそうな挨拶をしながら西岡さんが入ってきた。昨日も遅くまで飲んでいたのだろう、顔色があまり良くない。

「おはようございます」

「なんだ、お前早いな。来るの」

「はい。まあ、色々と考えたいなと思って」

「これのこと？　あぁ、石丸のヤツのことか」

西岡さんは話しながら客席の階段を降り舞台の方に来る。わたしは伸ばしかけていた自分の身体を正してマットの上に体育座りをした。

「まあ深く考えなさんな。まだ受かってもないんだから」

西岡さんはそう言いながら舞台に腰をかける。あまり段差のない舞台なので膝《ひざ》を伸ばしながら。

「でも覚悟なくオーディション受けるのは違いますよね」

「そりゃあもちろん、受かるつもりで受けるだろ。落ちるつもりで受けるやつはいないんだから」

「ってことは、やっぱりやる覚悟を持って、脱ぐ覚悟を持って受けなきゃですよね？」

「当たり前だろ、受けるならね」

「脱いで話題になって売れる人もいますよね、体当たり演技だとかって」

「まぁ、いるね。脱いでも印象残らないやつもいるけどね。脱ぎ損みたいになっちゃうと可哀想だよなぁ」

「……わたし、売れるかな。脱いだら何か変わるのかな」

「さあねぇ……てか、お前、そんなんじゃ無理だよ」

「え？」

突然の辛辣《しんらつ》な言葉に驚く。西岡さんは口は悪いが優しい。厳しい中にも愛のあるタイプだから、見捨てるような、人に夢を諦めさせるようなことは絶対に言わないタイプだ。無理、できない、不可能など否定的な言葉は言わない人だ。

「売れたいから脱ぐのか？　売れるために脱ぐのか？　それは違うだろ」

「ち、違います。それはわかってます。売れるためじゃなく、作品のために、身体は張りたい。でも……」

西岡さんは全てを見透かしているような目でこっちを見つめる。だけど言葉に詰まるわたしを急《せ》かしたりすることなく、わたしの口がまた自然と言葉を紡ぐのを待ってくれる。

「わからないんです。ここまでやってきて、どうしたらもっと上に行けるのかわからない。最近はもうこの自分のいるところが自分にとって普通で、最善で、上に行きたいのかもわからない。お芝居が好きだから毎日こうやってお芝居できたら幸せだし、それでもいいのかもしれないけど、だけどいろんなタイムリミットはあるのかもしれないなとか……」

話しながら涙が溢れてくる。いまわたしは綺麗に泣いている。綺麗に、一筋の涙が頬をつたう。まるで映画のワンシーンだ。こんな風に、お芝居でいつでも好きなタイミングで涙を流せたらどんなにいいか……。こんなときでも、考えるのはお芝居のことなんだから笑える。

「これがチャンスなのもわかっています。だけどそこまでして、何も残らなかったら怖いし。自分が脱ぐとか、そんなこと本気では考えたことなかったから、それってそもそも女優をやっていく覚悟が足りないのかもしれないって思うし。でも、それで売れるかもしれないっていう邪《よこしま》な気持ちと、女優として挑戦してみたいっていう気持ちと、これで売れなかったらもう終わりなんじゃないのかなって気持ちと、あと本当にいいのかなっていう気持ちでもうわからないんです……ぐちゃぐちゃなんです」

とにかく心から、喉を通って上がってくる言葉を並べているだけなので、わたしの言っていることはおそらく支離滅裂だと思う。でも全てここ数日、胸の中を支配している気持ちで、正直な思いだった。

「お前の迷いは、審査する人間に伝わるよ。迷ってる人間、覚悟のない人間はそりゃ受かんないよ」

もう一筋、涙が流れた。わたしは流れてくる涙を拭《ぬぐ》うことなく、西岡さんを見つめる。

「慈善事業じゃないからね。覚悟できるまで待ちますよ、とはならないし」

「…………」

「で、どうなのよ結局。やりたいの？　やりたくないの？」

「やっ、やりたい気持ちはあります」

「じゃあ迷うな」

西岡さんの目がまっすぐにわたしを捕らえた。

「迷うな、そんな小さいことで。受かってから考えればいいだろ」

西岡さんが身体ごと視線をこちらに向ける。その真剣な眼差《まなざ》しに、瞬きを忘れる。

「せっかくのチャンスなのに何ビビってんだよ。売れたいって思ってるんだろ？　毎日同じことの繰り返しだと、野心を忘れかける気持ちはわかるよ。でもな、俺からみてると那智から売れたいオーラ、ビンビンに感じるよ。お前は全然そんなおしとやかに生きてないよ」

「まじですか」

「ははっ、まじだよ。どんな形でも売れたいって思ってるんだったら、迷わず飛び込め。でも、ただただ芝居が好きで、こうやって小さいところでもいいから芝居をやりたいんだったら……まあそうだな、無理するな。消費されていくだけの役者には、なるな」

西岡さんの言葉は、幹のしっかりした、どっしりとした重さがあった。わたし1人だけが聞いているのがもったいないくらいの言葉だった。そして自分自身にも言っているように聞こえた。西岡さん自身も、たくさん迷ってきたからこそ人にかけることができる言葉だ。この人もまた、人生でたくさんの選択をしてきたのだ。その選択が合っていたのかどうか、ときにわからなくなる日もあるだろう。それでも、生きていくというのは、選んでいくことなのだ。

「後悔ないようにしろよ。まあでもとにかく受けてみるってのでいいんじゃないか。こんなチャンスないぞー、リーダスだからな、世界だ世界」

手をひらひらさせながら楽屋の方へと向かっていく。西岡さんの、おじさんの見本のような肉付きのいい猫背の背中が今はなぜだかかっこよく見えた、気がする。

「西岡さん！」

慌てて呼び止めるわたしの声に、西岡さんが振り返る。

「ありがとうございます。覚悟……できました」

「そ。それならよかった。まあまだ受かってもいないんだからそんないい顔すんなよ！　落ちても凹《へこ》むなよ」

「あの！　石丸さんの連絡先教えてください」

「おう、あとで連絡しな」

西岡さんのいうとおり、まだ受けてもいない。だけどわたしはここで一つ、自分の気持ちを再確認できた。

売れたい。

代わり映えのない毎日で忘れかけていた当初の想いを、熱意を、思い出せた。

何がきっかけになるかわからない世界。明日には、来月には、1年後にはどうなっているのかわからない世界。だからこそ、面白い。だから、やめられない。

わたしは舞台上に広げたストレッチマットをくるくると丸めて畳む。おはようございまーす、と徐々に入ってくる演者たちに、スタッフたち。

わたしは今日も舞台に立つ。昨日と同じ衣装を着て、メイクをして、昨日と同じセリフを語る。

だけど同じ瞬間など二度とない。今日もその瞬間しかない温度を、空気の揺れを、心情の変化を楽しむ。

まだ見えない未来に少し芽生えた予感を感じながら、わたしは楽屋に向かった。今日もいいお芝居をするために。

処暑

リンリンリンリン……。

鈴虫の鳴き声が台所の勝手口の方から聞こえる。まだまだ熱帯夜が続く毎日だが、虫たちは暦通りに生きているらしい。夏の終わりを知らせてくれる音が響く中、楓は寝苦しさから目を覚ました。水を飲みに台所に降りてくると、いつもとは違う何か、に気づいた。

「んっ……え、クサ」

明らかに異臭がする。生ゴミのにおいだ。一昨日《おととい》食べた賞味期限の迫っていた稚鮎《ちあゆ》の佃煮《つくだに》のゴミか？　夏を感じたい！　と焦って食べたスイカか？　夏の終わり、会社から任された大きなプロジェクトを終えて少し余裕ができた楓は、最近は家でご飯を食べることが多かった。残された命短しこのめだか荘で、最後に思い出を、と積極的に家で過ごしていたのだが、そんな中、橋田駅の工事の延長が決定した。住民たちのデモという名の努力が実ったのだ。12月の本格的工事に向けて、我々は10月頃に退去する予定だったのだが、なんと4ヶ月も寿命が延び、来年の2月までに退去すればいいことになった。どうやらここで年を越せそうである。

話は逸《そ》れたが、この家にはルールがある。ゴミ出しの担当が決まっているのだ。この地域の燃えるゴミの日は火曜と金曜。燃えないゴミは木曜。資源ゴミは第1、第3月曜。そして我が家の担当は燃えるゴミの火曜が那智。金曜は柚子。燃えないゴミは遥香。資源ゴミは楓だ（仕事の忙しさから担当を決めた）。よほどのことがない限りはこのルールが常に適用されている。だが最近――どうもルールを守れていない人がいるようだ。

「はぁ……」

楓は深くため息を吐き、その吐いた分を大きく吸い込んで、においの元凶となった犯人の名前を呼ぶ。

「那智～!?」

時計をしっかりと見たわけではないが、おそらく深夜の2時だろう。楓の叫び声が響いた。しばらくしてドタドタと階段を降りてくる音がして、最初に遥香が現れた。

「どうした!? 楓、もしかして、ご、ゴ……ゴキブ……」

「いや違うから」

「よ、良かった……」

遥香と楓は虫に滅法弱い。逆に那智は虫が平気なため躊躇《ためら》いなく害虫を殺すことができる。その点では那智はこの家に必要不可欠な存在ではあった。

この地球上でおそらく一番嫌われているであろうソイツが出たわけではないと聞いて、遥香は安堵《あんど》し早々に自分の部屋に戻っていった。それとすれ違うように、那智が階段を降りてくる。

「どうしたこんな深夜に……」

眠そうに目をこすりながら那智が現れる。

「ねえくさいんだけど。那智、ゴミためてるでしょ」

那智がまだまだ開ききらない目で台所を見渡す。そして小さく「あー……」と呟《つぶや》く。

「今週忙しくて忘れてたかも……」

確かに、楓が家で過ごすことが増えたのに反比例して、那智は最近家にいることが減った。夏の舞台を終えてから、ずっとソワソワしているようだった。

「最近忘れすぎじゃない？」

「いや、先週は出したから」

「先週だって、まとめたのは柚子でしょ。那智は行きがけにゴミ捨て場に出しただけじゃん」

「まあそうだけど」

「先々週も出してなかったじゃん。夏場はにおいがあるんだから忘れないでよ」

「いや細かすぎない？　言っても柚子が絶対出してくれてるんだから週1は出せてるわけじゃん」

めんどくさい、と頬に書かれた状態で那智が言い返す。その態度に、楓も思わず言い返す。

「1回くらいは目を瞑《つむ》るけど、それ以降はナシだよ」

「だから最近バタバタしてて……」

「言い訳しないで、なんのためにルール決めたのよ。一緒に暮らすってことはルールを守るってことだよ」

「担当の少ない人が偉そうに言わないでよ！　気付いたんなら自分がやればいいじゃん」

「そのやり方じゃ絶対柚子に負担が増えるから担当決めたんじゃん」

「柚子じゃなくてあんたがやればいいでしょ！」

ヒートアップする言い合いに、再び遥香が2階から降りてくる。

「おー、どしたどした!?」

遥香が間に割って入る。さっきまで眠そうな那智だったが、もう完全に目が覚めているようで、切れ長の目はしっかりと楓を捉《とら》えている。

「大体、忙しいのを理由に家のこと全然してないの、楓じゃん！」

「しょうがないでしょ忙しいんだから。それに最低限のことはやってるつもりだけど？」

「いや、脱ぎ散らかしたあんたのコートとか柚子がハンガーかけたりしてるからね。柚子は優しいから何にも言わないけど、結構あんたの身の回りのことやってくれているんだから」

「それ柚子が怒るならわかるけど、なんで那智がそれを偉そうに言うのよ？」

「あの子は優しくて怒れないから私が代わりに言ってるんでしょ！」

「今はそんな話してない。ゴミ出しは他の人に迷惑かかるんだから絶対やってよ。家臭くなってるでしょうが」

ますますヒートアップする言い合い。時刻は午前2時。勝手口からは鈴虫の鳴き声。しかしまだまだ暑い蒸した空気。夏の終わり。

最初は間に入った遥香だったが、これは参加しない方が身のためだな、と思ったのか2、3歩下がり台所の入り口に肩を預ける。この家でこういったことで喧嘩《けんか》が起きるのは珍しいことだが、遥香自身、那智と春に揉《も》めたのでなんとも言えず、苦笑いでその光景を眺めた。

なかなかに声の音量も大きくなっていったが、一番台所に近い部屋で寝ている柚子が起きる気配はない。柚子は規則正しく生きている。大体平日は23時に寝て、朝は6時半に起きる。そして一度寝たら、朝のアラームが鳴るまで起きない。地震が来ても、雷が鳴っても、おそらく泥棒が入ってきたとしても、起きないだろう。

なにも知らない柚子の規則正しい寝息と共に、今日も熱帯夜が明けていくのだった。

3章　小柳津 楓

「僕と、結婚してください」

あまりにもチープで使い古されたその言葉を言われたとき、全く予想していなかったわけではないので特に驚かなかった。

昔からロマンチスト指数はかなり低いから、プロポーズで王子様のように跪《ひざまず》かれてガラスの靴を履かされようもんなら多分吹き出しちゃうし、もしフラッシュモブでもされようもんなら吐き気がする。を通り越して吐いてしまうと思う。そして吐いた末、丁重にお断りする。

だから別に嫌なわけじゃなかったそのシンプルな言葉に、嫌なわけじゃない大切な人。答えはひとつ……のはずだった。

「ちょっと……考えさせてください……」


「え？　それでそのまま解散？」

遥香の呆《あき》れた顔がそのまま後ろに倒れ込む。ハアー、と絵に描いたようなため息を吐きながらソファの背もたれに沈んだ彼女は、アメリカ人みたいなオーバーリアクションで私を否定してきた。今にもオーマイガッと言い出しそうだ。

「いやー、さすがに可哀想だわ。健太《けんた》くん。そんな勝ち試合を勝ち越せないなんて」

遥香の喩《たと》えがスポーツ寄りなのは、ソフトボール部だった私と元甲子園球児――いや、甲子園を目指していた球児の健太の話だからだろうか。

「お2人、上手《うま》くいってると思ってました」

倒れ込む遥香の隣で、対照的に綺麗《きれい》な姿勢のまま、柚子が真面目に言う。

「いや、別に。考えさせて、とは言ったけど、健太が嫌なわけじゃない。断ったわけじゃない。多分結婚すると思う。思うんだけど……」

「思うんだけど？」

「いや、なんだろ、わからん。マリッジブルーかな」

私は手をひらひらさせながら、逃げるようにソファから立ち上がる。一瞬自分の本音を話そうかと思ったけど、自分でも上手く言葉にできる気がしないし、この不安な感情は人に話せるほど、まだしっかりと輪郭が伴っていない。

「じゃあおやすみね」

リビングの扉の前でとりあえず笑って、2人に就寝の挨拶《あいさつ》をした。全然眠くはなかったけれど。

するとリビングの引き戸がガラッと開いて、那智が帰ってきた。

「ただいまー、おっと、ごめん」

引かれた扉にぶつかりそうになった私を見て、咄嗟《とっさ》に那智が謝る。しかしその後すぐ、気まずそうに視線をそらしてさっさと台所の方に行ってしまった。

「あら、あんたたちまだ喧嘩《けんか》してるの？」

遥香が問いかける。少し気まずい空気の流れるリビングに、おそらく何も知らない柚子は不思議そうな顔をする。私は首を小さく傾けてもう一度おやすみ、と言った。

「あ、おやすみなさい」

「プロポーズされるだけで羨《うらや》ましいよ、今日は人生で一番素敵な日なんだからもっと良い顔しなさい」

遥香の指摘に私は愛想笑いを返して、リビングを出た。

結婚、か。

考えていなかったわけではない。現に今日プロポーズをされたとき、やっぱりきたか、と思った。今日は私と健太が付き合って4年目の記念日。私たちが初めて2人でご飯を食べた、リノベーションされた一軒家のイタリアンに行き、初めて来たときに、頼んだものを覚えているかどうか、の話題で盛り上がり、その帰り道にプロポーズされた。それはすごく自然な流れに思えた。

この人と結婚するんだろうなあ、と漠然と思っていたし、私にとっても健太にとってもこんなに長く続いた恋人は初めてだった。年齢的にも結婚を意識してたし、健太の親にも会ったこともある。すごく素敵な人で、この人と家族になれたらいいなあ、と健太よりも先にお母さんに対して思ったくらいだった。母子家庭だがそんなことは大したことではないと思うくらいに、お母さんからの愛情は深く、それをめいっぱい受けて育った健太もまた、愛情深かった。

そう。結婚の準備はかなり整っていた。もちろん他に好きな人もいないし、留学がしたい、資格を取りたい、などといったそんな大きな夢やプロジェクトがあるわけではない。

なのに私は今日素直に「はい」と頷《うなず》けなかった。すぐに健太の胸に飛び込めなかった。

それはなぜか。

私の人生、これでいいのかな？

その日、私は夢を見た。夢というか、それは思い出だった。映画などで見る回想シーンのような、淡い色味でそれは繰り広げられた。健太と神宮《じんぐう》球場に野球を観に行ったときの、思い出。２人とも贔屓《ひいき》にしている球団が出ているわけではなかったけど、何気なくその日のデートでどこに行こうか？　となりお互いの趣味である野球を観ることになったのだ。都心で気楽に行けるといえば、神宮球場だ。しかも夏には花火も上がる、というわけで２人で当日飛び込み参戦した。あまりいい席ではなかったけど、バックスクリーン側に上がる花火はしっかり見える位置だった。

お互いどちらの球団を応援するかじゃんけんで決めて、自分の応援する球団がヒットを打つたび盛り上がった。エラーをしたら全力で冷やかした。神宮球場のイチオシメニューをネットで片っ端から調べて、全部一つずつ買ってきてシェアした。まだまだ暑い日だったので、ビールが身体に大変染みた。5回裏に打ち上がる花火を見ながら「たーまやー」と叫んだ。神宮球場名物のレモンサワーで、すっかりほろ酔いになっていたから、恥ずかしげもなく叫んだ。健太といる時間は本当に楽しい。私たちは波長が合うんだと思う。お互いのこれはやってもいい、これは人間としてダメ、というラインがぴったり一致しているのだ。健太は正義感があった。そのくせふざけるときには全力でふざける。そこのバランスが実に絶妙で、ずっとムードメーカーを務めてきた人だ。大人になった今でも、学生の頃の友達との絆《きずな》が深い。それだけでなく、会社でもうまくやっているようだ。団体生活の得意な人である。そんなところがすごく尊敬できた。

相手のことを尊敬できる——それがどれだけ大事なことか、大人になった私にはわかる。学生の頃や若いときのキラキラした突発的な感情に揺さぶられる恋も素敵だ。だけど大人になってからの、この人とだったら、一緒に苦労をしてもいいという感情は貴重だ。好きなものが一緒よりも、嫌いなものが一緒の方が長続きするらしい。健太とは好きなものも一緒だったけど、何より嫌いなものが一緒だった。許せないものが一緒だった。神宮球場に行った日は、なんてことないデートをした一日だったけど、そういうなんでもない日こそ心に残っていたりする。ああ、私、この人のこと好きだなあ、と強く思った日。そんなあの夏の日が夢に出てきた。夢の中でも私はしっかりほろ酔いで、「たーまやー」と叫んでいた。

次の日、いつも通りの時間に起きて、いつも通り会社に向かった。鞄《かばん》にはマックブック。先日から任された新しいプロジェクトのための資料。ハングルの本。新しいプロジェクトでは韓国とやりとりをしなくてはいけないため、最近は全くわからないハングルを少しだけ勉強し始めた。遥香や柚子と違って、韓国ドラマや韓国の映画を観ることがないため初めて触れる言語は全くわからないし、ハングルはただの記号にしか見えない。だが今後このプロジェクトが順調に進めば、日常的な韓国語は必須となる。それが何年後の話なのかはわからないけれど。

仕事というのは不思議なものだ。なにがゴールなのかわからない。小さな着地点は確かにある。商談がまとまったとき。自分の提案したものが採用され、プロジェクトが走り始めたとき。目標としていた売上金額に達したとき。都度都度小さな満足感はもちろん感じている。だけどわかりやすく順位をつけられるわけではない。どうすれば褒められるのか、その基準もえらく曖昧《あいまい》である。わかりやすい「なにか」を目指しているわけではないから、私はもうずっとゴールのないマラソンを走り続けているみたいだ。だけど私には、1番になりたい願望がある。明確に。今はまだ仄《ほの》かに男性社会感の残る広告代理店に勤めているが、その中でも1番になりたいのだ。20代も後半に差し掛かり、30歳が見えてきた昨今、ようやく仕事が軌道に乗ってきた。自分の意見が通り、後輩たちも増え、ようやく望んでいた社会人像に近づいてきたのだ。正直、いまが一番やりがいを感じる。この仕事で1番になりたい、というのははっきりとした意志のようで、実は実体のない夢物語だ。自分が何を達成したら満足するのかはわからない。だけど私はどうしても1番になりたい。

私の1番への固執は、学生の頃に一度経験してしまったことが原因だと思う。成功体験、と言うのだろうか? 日本一になったときの〝それ〟は、他のなににも変え難い、劇薬だった。あのときの快感が、身体に、脳に、染みついて忘れることはない。

私はもう一度1番になるまで足を止められない。それが、たとえ、女の幸せであっても。

それは中学生の頃に遡《さかのぼ》る。入学してから1週間くらい経った頃、部活動説明会があった。午後の授業を終え体育館に集められた1年生たちは、眠くなってくる時間にもかかわらず活気付いている。みんなこれから始まる部活動に胸を躍らせているのだ。部活動はなんだか中学生になった証《あかし》のような気がする。小学生のときは経験できなかったものだ。これからどんな青春が自分たちを待っているのか……胸が躍る理由は私にもちゃんとわかる。私もドキドキしていた。

「ねえ何部に入るか決めた？」「オレはもう決めてる」「まだ迷ってるんだよね」

そんな会話が各所で繰り広げられる。私も例外ではない。

「小柳津さん。もう何部に入るか決めた？」

クラスメイトの谷本《たにもと》さんが話しかけてきた。彼女は大人しそうに見えたがとても社交的で、入学後すぐに友達を何人も作っていた。私にもすぐ話しかけてきてくれた。ただ当時の私はそこまで社交的ではなかったため、距離は縮まりきらず、まだ苗字《みょうじ》で呼び合う程度の関係だ。

「いや、まだ決めてない。特にやりたいスポーツとかないんだよね。あ、でも運動部がいいとは思ってるけど」

「わかる。吹奏楽部とかってパッとしないよね」

いかにも吹奏楽部に入っていそうなルックスをしながらも彼女は文化部に対する偏見を口にする。まあわかる。私も、文化部イコール陰キャラだと思っていたうちの1人だから。

大人になった今はかなりの誤解だとわかるし、消したい偏見のひとつなので当時の思いは許してほしい。この場を借りて謝る。全文化部のみんな、ごめん。

「ちなみに、私はテニス部に入ろうかなーって思ってるんだ」

谷本さんは屈託のない笑顔で言った。事前調査によると、テニス部は女子の人気を最も集めているようだった。

「小柳津さんも迷ってたらテニス部入ろうよ。ユニフォーム可愛いしさ」

まさか誘われるとは。谷本さんには女子特有の「トイレ行こー」な相手が何人もいそうなのに、まさか自分に声がかかるとは。そう思っている私に、

「あ、ミキはバスケ部志望でユウちゃんはソフト部なんだよね」

私の思いを汲み取ったかのように谷本さんは続けた。なるほど。谷本さんの仲のいい友達たちは、それぞれお目当ての部活があるようだ。

「うん、考えてみるね」

私たちの会話がちょうど終わった頃、「はい、ちゅうもーく」と言う声に体育館のステージを見上げると、学年主任が今日の集まりの主旨を簡潔に説明して、いよいよ本格的に説明会が始まった。それぞれの部活動の顧問と部長、部活によっては副部長や部員数名が立ち、活動内容や実績を発表した。田舎の公立中学なのでそこまで輝かしい成績を残している部活動はなかったけれど、ソフト部だけは県大会に駒を進めたことがあるようだった。それぞれが新入生に入ってもらうためユニークに部活動を説明していく。

全部の部活動の説明が終わった頃には、活気付いていた体育館の熱は少し下がっていた。思ったより部活の数が多く時間がかかったことが原因である。

私はというと、説明を真剣に聞いたはずなのに、聞く前と気持ちがなにひとつ変わってなかった。何部に入ろう……。流れとしてはそのまま体験入部したい部活を2つ決めて、明日明後日《あさって》の2日間をかけて、部活動を体験することになっている。前から回ってきたプリント

に気になっている部活動を2つ書いて、提出する。体育館の床で記入したプリントの文字は、机で書くより汚い。

私は結局、体験入部したい部活の欄にテニス部とソフト部を書いた。さっき谷本さんが話していたから、だ。知り合いがいるのは心強い。私も所詮、1人で行動するのはちょっと不安な、女の子らしい女子なのだった。


1日目にテニス部の体験入部を終え、2日目はソフトボール部の体験入部へ行った。正直谷本さんが仲良くしているユウちゃんが来るという情報だけで選んだのだが、ユウちゃんは第1希望をソフトボール部にしていたため会えなかった。昨日一足お先に体験してしまったようだ。

ソフトボールへの愛着は正直ほとんどないが、野球のルールはしっかり把握している。お父さんもおじいちゃんも野球が好きで、毎日夜はプロ野球の中継を見させられている家庭だったし、甲子園は私も好きだった。幼いながらに、甲子園球児たちの汗と涙は、画面越しでも伝わった。青春を野球に捧げる彼らは、本当にかっこいいと思う。

だから野球と似ているソフトボールのルールはなんとなくわかっていたし、小学校の体育でもまあまあ活躍できた記憶がある。ただ女子は大体野球のルールをわかっていないのでルールを知っているだけで活躍できた、というのが大きかったのだけど。

「こちらに集合してくださーい」

ハキハキと放たれたおそらく部長と思われる声の主が、女の子らしい見た目で驚いた。勝手にソフト部はショートカットのはつらつとした、少年らしいイメージだったけど、部長はミディアムヘアの柔らかい髪質をサラサラとさせていた。身長も高くスラッとしていて、ピンクの血色のいい唇は丸みを帯びていて女の子らしい。

「ようこそソフト部へー！　嬉《うれ》しいなーありがとう！　今年は昨年よりも多いね！　嬉しいね！」

部長はでへへ、という効果音がつきそうなくらい嬉しそうに目を垂れさせながら、隣の部員の子に同意を求めた。隣の部員の子はソフト部っぽいショートヘアに、割とずっしりとした身体をしており、おっ、この人上手いんだろうな、という気持ちにさせられる。嬉しいね、嬉しいねなんて言い合いながら横に揺れる3年生たちは、年上だけどなんだか可愛かった。

「あんまり人数は多くないんだけど、その分1年生からレギュラーを狙える部活です！　実際、今の2年生の子たちは1年生から試合出てた子もバリバリいます！　しかもねー、うちら弱くはないんだよねー」

これまたでへへ、と部長は嬉しそうに言う。年齢の壁を取っ払ってくれるような柔らかい物腰は、見ていてすごく好印象だ。集合をかけるときのハキハキとした声もいいけど、部長はきっとこっちが素なのだろう。モテそうだな、と思った。

「昨年の夏は県大会まで行きました！　1回戦敗退だったけどね、市大会は優勝してます。今年も県大会狙えるメンバーだからみんなを連れて行けると思います！」

はっきりと宣言をした部長を、周りの3年生がおお〜、と冷やかす。部長は冷やかしを気にせずに私たち1年生の方をしっかりと見て言う。

「部活は青春。この時間は一生に一度だけ。ぜひわたし達と一緒に、青春しましょう！」

なぜだろう。彼女についていきたいと思った。そう思ったのは、どうやら私だけではなさそうだった。

そのまま、実際にバッティングをさせてもらえることになった。ピッチャーの先輩が優しくボールを投げてくれる。私たち未経験者も打ちやすいように。ところがどうだろう。優しく弧を描いて飛んでくるボールは、しっかりと目で追えているのに全くバットに当たらない。ソフトボールは野球のボールよりも少し大きいから当たりやすいはずなのに、全くカスリもしなかった。こんなに難しかったっけ……と私はポリポリ頭を掻《か》いた。

「最初はみんなそんなもんだから大丈夫だよ！　実際ミホは最初半年くらい当たんなかったよね」

部長がさっきのショートカットの子を見ながら言う。いかにも上手そうな先輩はミホというらしい。

「いや半年は言い過ぎ！　1ヶ月くらいね！　いや3ヶ月くらいか」

あはは、とみんなが笑った。私もつられて笑っていた。

部長の言うとおり、1年生たちは全然バッティングに当たらないままバッティング体験を終えた。ひとり、なんとか当てていた子はいたけどサードゴロかな、といった感じだった。

次はノック体験だった。誰も使っていない古びたグローブを借りて、転がってくるボールをキャッチする。これはよく、甲子園に密着した番組で見る。先生が怒号を飛ばしながら球児たちにボールも飛ばす、あれだ。

バッティング以上に上手くできる自信はなかったが、私より先に体験した1年生たちを見ると、捕れても捕れなくても楽しそうだった。先輩は優しくノックしてくれるからコロコロと転がってくる優しいボールをすくうだけだったけど、部長をはじめミホさんたち先輩が、本当の試合みたいに掛け声をかけてくれるから上手くなった気がするんだろう。終始和やかなムードだ。そんな中、私の番が回ってくる。

「よろしくお願いしまーす！」と、番組で見た甲子園球児たちの真似をして、掛け声だけは一丁前に出してみた。普段はあまりこういうことをするタイプではないのだけど、和やかなソフト部の雰囲気が私をそうさせた。

お、やるねえ、いいねえ、と言った感じで、先輩がノックをする。コロコロと転がってきたボールをすくって、バッターの方に投げると「いい球！」と褒められた。打つのは才能がない感じだったけど、投げるのは得意なのかもしれない。

何球かノックをしてもらってそろそろ交代かな？　と思ったそのとき、先輩が打ったボールが空高く上がった。

「ごめん！」

打ち上げた先輩がすかさず叫んだ。

空に弧を描きながら、こっちに向かってくるボール。見上げると空はまだ少し眩《まぶ》しかったけど、私はしっかりと目を凝らしてグローブを構えた。お父さんとは昔よくキャッチボールをやってた。捕れる、捕れる――。

「！」

一瞬、時間が止まったような気がした。恐る恐る頭上にあげたグローブを目線まで下ろしたとき、その手の中にボールが収まっているのが見えた。

「ナイスキャッチーーーー！」

部長の声が響いた。私はこの瞬間、ソフトボール部に入ろうと思った。そしてそれが、私の人生を大きく変えることになる。


そこからは順風満帆なソフトボール人生だった。1年生の終わり頃には他校との試合に出させてもらえたし、2年生では完全にレギュラーだった。3年生の年には初めて県大会で優勝をして、全国大会まで体験することができた。

一緒に部活に入った谷本さんの友達、ユウちゃんとは親友になった。ユウちゃんはキャッチャーとして、その包容力を存分に活かしキャプテンになった。私は肩の強さを生かしたライトで、4番だった。

高校は、スポーツ推薦で入った。最初は私立に行くことに文句を言っていた母だったが、特待生として奨学金が出ると知ってからは何にも言わなくなった。ユウちゃんは違う学校に行くことになったが、そこもまたソフトボールが強い、私立校だった。私は甲子園球児のように、青春をソフトボールに捧げた。

高校生の最後の夏、私は日本の頂点に立った。私は、ではない。私たちは、だ。全国大会優勝。あの夏のことは忘れられない。人生で一番輝いていた瞬間だと思う。優勝したとき、私の頭の中には中学の頃の部長の「この時間は一生に一度だけ」という言葉が響いていた。本当にその通りだと思う。私たちは今しかないこの時間に、今しか得られないきらきらしたものを全身に纏《まと》い、頂点に立っていた。多分、部長はもうソフトボールはやっていないだろう。だけど私は部長のおかげでここに立っています、と亡きおばあちゃんに捧ぐくらいの気持ちで空を見上げた（もちろん部長は死んでいないし、なんならおばあちゃんも死んでいないけど）。

私にとっての人生のピークは高校3年生の夏だ。それは間違いない。あんなにも何かに一生懸命になれるものに、この先絶対出会えないだろう。この熱量で向き合えるものは、これ以外にないだろう。私にとってはソフトボールが全て。ソフトボールこそ青春。それくらいにあの夏の体温は、まだいつでも思い出せるほどにじんわりと熱い。

そう、私はもう一度1番になりたいのだ。そうしないと気が済まない。もう一度あの、キラキラした熱い熱を帯びた感覚を味わいたい。あのときが人生のピークだったなんて思いたくない。そのためには、今軌道に乗っている足を止めたくないのだ。

結婚をするのが怖い。結婚して、環境が変わるのが怖い。今の会社のポジションが、変わることが怖いのだ。結婚をしたら、自然と子供を産むことを考えなくてはならない。多様性の時代なんていうが、結婚イコール出産、そして母になる、という暗黙の了解は、口にすることは憚《はばか》られるが、全員の頭の中にしっかりとこびりついている。その考え方は古いね、ナンセンスだね、と取り扱うこと自体が、意識している証拠だ。母になるということは、産休や育休など、嫌でも必ず足を止めることになる。きっと会社の人間は、「いつでも戻ってきてね」「あなたの席は空けておくからね」なんて言うだろうが、全くそのまま私がジャストにすっぽり戻れる席を用意して待ってくれるほど、甘くない。それに出産を終えた私は、以前のジャストサイズの席——穴には入れない。体型的にも。骨盤は広がってしまうのだ。もう戻ることはできないだろう。

混沌とした頭で、私はマックブックに向かう。項目の貼られた様々なサイズの分銅を、あでもないこうでもない、と思いながら色々な組み合わせで天秤《てんびん》に掛けながら。

「小柳津くん。ちょっといいかな」

名前を呼ばれて振り返る。普段滅多に絡むことのない、人事部の上司だ。今時女性をくん付けで呼ぶ、古き良き時代のおじさん上司。確か名前は——そうだ、佐藤《さとう》さんだ。名札を見て確認をする。

佐藤さんに呼ばれ、奥のガラス張りの会議室に入る。8人くらいが会議できる大きさの会議室だ。中で何をしているか誰が見てもわかる、安全性とおしゃれさを兼ね備えた会議室だ。その少し広めの会議室に、佐藤さんと2人で入る。

どかっと佐藤さんが先に椅子に座り、私も椅子に座るよう促される。

「前にも話してた、韓国の事業のことなんだけど」

「はい」

今私が関わっている事業だ。簡単に言うと、韓国の新進気鋭の芸能事務所の日本支部をつくる計画だ。昨今韓国はエンタメ業界でかなりの勢いを見せており、日本の市場でも大きな額のお金が動いている。せっかく日本でウケているわけだから、対日本でのマーケティングの強化を事務所が図れるよう、言わばエージェントとして日本の案件をその事務所の所属タレントに流す。そうすることによって、事務所としてもここに入れば日本での仕事ができる、という宣伝文句ができ、韓国での事務所自体の評価や価値が上がる。こちらのメリットとしては、韓国にパイプが作れる。うちは広告代理店で芸能事務所ではないが、その点回せる案件の多さは強みである。

「あのプロジェクトは、太田《おおた》班がリードしてやることになっているんだが、どうかな、太田のチームに小柳津くんも入れようかと」

「えっ!」

太田さん、こと太田若菜《わかな》さんは、私の憧れている先輩だ。この会社に入ったときに、当時教育係だった太田さんが手取り足取り教えてくれた。女性ということを武器にも言い訳にもせず働く姿に憧れを抱いた。この人みたいになりたい、と思った。太田さんはそんな私の憧れを裏切ることなく、今はチームのリーダーとして大きなプロジェクトの舵《かじ》を切っている。太田さんが任されるプロジェクトは間違いなく会社の命運を握っているものだ。

韓国の事業もそうだ。私もその一端を担っているのだが、メインで動くのは太田さんのチームで、私はそれに関連する問題を日本で担当する、補佐的なポジションを務める予定だった。

「太田がチームに小柳津くんを欲しがっていてね。どうかな。君もそろそろ次に進む年齢だと思うし、チャレンジするというのも」

「是非! やりたいです!」

同じチームで働けるだけでも嬉しいのに、太田さん本人からの指名だというんだからそれはもう、私にとって願ったり叶《かな》ったりだ。はやる気持ちを抑えたかったが、気持ちが昂《たかぶ》りすぎてしまい、つい食い気味に返事をしてしまう。

「それはよかった。ただ、そうなると……小柳津くんにも、韓国に行ってもらわないといけなくなるかもしれないんだけど」

「え？」

私の右手の人差し指が、ピクっと動く。

「太田はもう韓国に渡っていてね。先月からちょこちょこ視察に行ってるんだよ。やっぱり国が違うとルールも違うからね、しっかり学びに。ゆくゆくはほぼ韓国で腰を据えて事業に取り組むことになるんだが、その右腕的な、ね」

いつかは韓国語を話せるようにならなくてはいけない、いや、話せなくても簡単な日常会話と、向こうの話を理解するくらいには……と漠然と思っていた。でもその〝いつか〟が急に目の前にやってきた。

「どうかな。まあ考えてみて。向こうに行くのはチャンスだとは思うから」


あれから健太とは連絡を取っていない。空気を読んでくれているのか、健太からも連絡はない。こういうときに連絡をしてこない健太の優しさ、空気の読み方は昔から好きだ。慌ただしく仕事をしているうちに日常が3日ほど過ぎていた。

韓国のプロジェクトが立て込み始めて、いよいよ判断のときが迫る。もちろん健太に韓国の話はできていない。まさか自分が実際に現場に行くとは。しかしこれは大きなチャンスでもある。

太田さんの現在の働き方はかなり自分の理想に近い。若くしてチームのリーダーを務める太田さんは、まさに自分の描く理想の働く女性像だ。そんな太田さんの元で色々なことを学べるというのは、まさにこの業界で1番を目指すのに近道になるように感じた。だが、実際に韓国に行くとなったら、健太はどうする。永住するわけではない。日本に帰ってこないわけではない。そもそも韓国は隣国なので、大した距離はない。時差もない。それでも、始まったばかりの大きな仕事と、健太との結婚生活を両立させる未来が、私には見えなかった。

プロポーズの日のことを少しだけ忘れ始めていた。あの夜のことは幻だったみたいに、健太がプロポーズをしてくれた姿に薄く霞《かすみ》がかかり始めていた。

会社だけでは仕事は終わらず、家に持ち帰りリビングでもマックブックを開いた。自分の部屋でやってもよかったのだが、新しいアイデアが欲しいときは、意外と雑音の中で仕事をする方が浮かびやすい。カフェで人々が仕事をするのにも、理由があるわけだ。カフェまで行かなくても、この家のリビングはちょうど良い。誰かがテレビを見ていたり、おしゃべりをしてくれているから、カフェのような空間になっているのだ。実際東大に行くような頭の良い子たちは、リビングで勉強をしていたりするらしい。

柚子がネットリリーダスで新しい海外ドラマを物色している中、私は黙々とマックブックと向き合う。あれから柚子が結婚のことについて触れることはない。柚子のそういうところが素敵だ。お互いが干渉しすぎない距離感が、この家のバランスを保っている。

私はマックブックの画面と向き合いながらああでもない、こうでもない、と考える。自分の意見が通り始めた今、自分の発言には責任感も伴い始めている。昔よりも自分の発言が重い。

「ただいま〜」

那智がガラッとリビングの戸を引く。最近、那智は帰りが遅い。どうやらピラティスに通っているようで、元々綺麗だった身体のラインは最近さらに磨きがかかっている。

夏の終わりにちょっとした喧嘩をしてから、まともに顔を合わせていない。大したきっかけじゃなかったはずなのだが、ここまで口をきかないことによって拗《こじ》らせてしまった。柚子が「おかえりなさい」と言った後に、自然に続けばよかったのだが一瞬迷ってしまって、結局なにも言えずじまいになった。

那智は台所でお湯を沸かしながら紅茶の準備を始める。それを横目に、気にしていないふりをしながら仕事と向き合う。那智が私のことを気にしているかは、視線や動きから読み取れなかった。無駄な動きをすることなく、紅茶の準備をしているようだった。

「柚子、なに観るの？」

那智が柚子の元に近寄る。そのため私の前を一瞬横切る。フワッと良い匂いがした。

「まだ決めてないですけど、これ、最近話題のやつです。韓国の、夫婦の、どろどろした」

「だー、やっぱり韓国か！　韓国のドラマはなんでこんなに強いんだろうね」

「なんか見ちゃいますよね。これ、ハン・ソヒョンが出てるんですよ」

「知ってる。なんかすっごいドロドロなんでしょ？　やっぱり結婚してからずっとラブラブでいるのは難しいのかね」

「……どうなんでしょう。結婚したことないから、わからないですけど、全員が全員そうじゃないんじゃないですかね……」

柚子が視線をちらっとこっちに向ける。少し気まずそうに。そうか、今結婚の話題ってちょっとタブーか。自分のことなのに、柚子に気を遣われるまで気づかなかった。そんな自分が情けないし、さすがに健太に申し訳なくなる。

「……楓、結婚するの？」

自然な流れ、からワンテンポ遅れて那智が私に問う。突然のことで、私もさらにワンテンポ遅れる。

「あ、うん、まあ、多分。まだ返事してないけど」

「そか」

ピーーー、とヤカンが鳴る。お湯が沸いたようだ。那智は火を止めに台所に戻る。

「楓ー！」

台所から那智が声を張る。戻ってきて言えば良いのに、と思いつつ「なに？」と返事をする。

「週末空いてる？」

大きめの音量のまま那智が聞く。姿は見えない。

「土曜の夜なら」

「じゃあご飯行かない？」

「……良いけど」

「はーい、じゃあ決定で！」

那智の姿は見えないまま会話は終わった。なるほど、そこから声をかけてきたのは那智にも気まずさがあったんだな、と理解した。那智とご飯に行くことは滅多にない。遥香とは元々同じビルで働いていることもあって、昔はよく合コンなり女子会なり行っていたが、この家で出会った那智とは〝友達〟ではないので、家で一緒にご飯を食べることはあっても2人でご飯に行くことはほぼなかった。

再びマックブックに向き合う私を、柚子がようやく色々と理解した顔で見つめていた。


那智とのご飯を翌日に控えた金曜日、さすがに痺《しび》れを切らした健太から連絡があった。無視するわけにもいかないし、このままではいけないこともわかっていたので、私たちは仕事終わりにプロポーズをされた橋で会うことになった。会うことになっても、私の気持ちはまだ薄く靄《もや》がかかったままだ。その靄は薄いため、このまま流れに身を委《ゆだ》ねることもできそうなのだけど、それもまた健太に失礼な気がしていた。

集合時間より10分早く橋に着いたのだが、もう健太はすでにそこにいた。

「久しぶり……でもないか」

健太が気まずそうな顔をする。つられてこちらも気まずい笑顔になる。

「元気だった？」

健太は優しい。わたしはコクン、と頷く。わたしが頷いたのを見て安心したのか、健太はいつものように話し始める。

「この前さ、やばいことがあって。ほら、前話したカズいるじゃん？　カズが……」

「ごめんね」

「え？」

「いや、ごめん」

「え、それって……」

「今日まで連絡しなくて、返事も遅くて。ごめんなさい」

そのまま真っ直ぐの姿勢でいられなくて、頭を下げる。恐る恐る下げた頭を上げると、健太はなんともいえない表情でこちらを見ていた。鼻の頭が少し赤い。きっと早くからこの橋で待ってくれていたんだろうな——その顔がどんどん明るい表情になって、健太は笑った。

「焦った！　ごめんって、プロポーズの返事かと思った！　断られたかと思った！　ビビったーーーー」

笑う健太とは逆に、私の顔は曇る。そのごめんではないけれど、そのごめんでもあるような。

「こっちこそごめんね。俺も怖くて連絡できなくて。そもそも、急にプロポーズされて、困ったよな、焦ったよな。ごめん。匂わせときゃよかったね」

優しく笑う健太はなにも悪くない。決して急なプロポーズじゃなかったと思うし、匂わせこそなかったけど、私たちの間に流れていた空気は明らかに結婚を意識したものだった。

「全然。急じゃないよ。私も健太と結婚するつもり、あるもん」

「え、じゃあ」

「でも、あの、ちょっと待って」

私は意を決して口を開く。上手く伝えられる気はしない。でも。

「私ね、このまま結婚していいのかな、って」

「え？」

「このまま結婚して、お母さんになって、おばあちゃんになって……それでいいのかなって」

「何か他にやりたいこととか、あるの？」

「ううん、ない。将来の夢とか、そんな大それたものはない。そもそももうそんな年齢じゃないし。でも……なんかこれでいいのかなって」

健太はなにも言わずに聞いていてくれている。私は握っていた両の手をさらにぎゅっとした。

「私の人生、これでいいのかなって。大したことできてない自分が、なんかすごく……」

「楓は、結構すごいと思うけどな。高校生の頃、日本一になってるじゃん、ソフトボールで。俺なんて、甲子園にもいけてないよ。県のベスト8が最高だよ」

元高校球児の健太とは、最初はそれで意気投合したのだ。お互いスポーツに青春を懸けてきた同士、馬があった。

「今も普通にサラリーマンだし。まあ、成績は結構いいけど。でもそれだけ。社内で1番とかでもないし。そんな俺に比べて楓は充分すごいと思うけどね。普通の人が経験できないこと経験してるじゃん！　日本一って」

「それは、そうかもしれないけど。でもそれだけ。それだけなんだよ。私の人生ってそれしかないんだよ。私は……高校生の頃の栄光にずっとすがりついてる。本当にそれだけ」

「それしかないって、そんなことないでしょ」

「あるよ」

私は食い気味に言う。

「私はまたがむしゃらに頑張りたい。もうさ、あの頃みたいに何かに全力で取り組むことってないじゃん？　でも、それで良いのかなって。もうこのまま私の人生、なにかに向かってがむしゃらになることなく終わっていいのかなって」

「それは、難しいよ。だってあの頃は若かったじゃん。若いときみたいにはいかないよ。もういろんなこと知っちゃったんだからさ。見境なくガンガン突き進むことは、できないよ。大人なんだし」

大人なんだし、という言葉が私の胸中で繰り返される。そんなことはわかっている。あの頃みたいに身体は動かないし、後先考えずに突っ込んでいくことはできない。だけど、だけど――。

「私は今仕事を頑張りたいって思ってるの。それこそ、学生の頃みたいにがむしゃらにはいかないけど、でも、今やっと楽しくて、やりがいもあって、こう……」

「いや、俺と結婚して仕事やめてくれって言ってるわけじゃないんだよ？」

「わかってる！　わかってるけど……あー、どうしてわかってくれないのかな」

「いやそれはこっちのセリフ。結婚しても仕事はなにも変わらないよ」

「だから」

それは違う。違うのだ。結婚したら周りの目は変わる。独身の女性だから貰《もら》えてた案件だって、絶対にある。別に〝女〟を武器にのしあがってきたわけじゃない。だけど、絶対に何かが変わるのだ。

「……男の人はいいよね。結婚しても、子供ができても、そのまま仕事が続けられるじゃん。飲み会だって、今まで通り参加するじゃん……産休も、育休も、取らなくてもいいじゃない！」

つい声を荒らげてしまった。そんな私を見て、健太は優しく微笑む。いや、優しさの中に哀しさや虚《むな》しさが見える。

「俺と家族になることより、仕事の方が大事なんだね」

「別にそんなこと言ってない……」

「俺との結婚の優先順位は、そんなに低いんだ」

私たちの間に流れる空気が、夜に向けて外気温が下がっていくように冷えていくのがわかる。

「俺のプロポーズなんだったの」

健太の目は、冷え切っている。

「一旦、距離置こっか」


そこから先はあまりよく覚えていない。確かに自分の勝手な思いだから理解してもらえないことはわかっていたけど、少し、ほんの少し、健太ならこの気持ちをわかってくれるんじゃないかと思っていた。ずっと良き理解者でいてくれた健太だから、わかってもらえるんじゃないかと甘えていた。

実際は、ただただ健太を傷つけてしまった。それが何より悲しく申し訳なくて、だけどなにを言っても言い訳になってしまう気がして、なにも言えないままその場に立ち尽くした。

「また連絡する」と言って健太は去ったけど、その言葉からは真実味を感じなかった。

プロポーズという、健太にとっての一大決心を、女性にとって人生で一番幸せなイベントを、最悪のものにしてしまった。

私はふらふらと帰路に着く。考えなければいけないことが山積みだ。プライベートでどんなことがあっても、仕事の期限は待ってくれない。どうしてこういうことって重なるんだろう。私はやらなければいけない仕事と、健太の哀しそうな表情で頭の中をいっぱいにしたまま、金曜の夜をやり過ごした。


土曜日、午前中から仕事に取り掛かっていたはずなのに、那智との食事までにやるべき仕事は全く終わらなかった。作業効率が明らかに落ちている。私はふー、とため息を吐きながらマックブックを閉じ家を出る準備をした。

同じ家に住んでいるというのに、那智は先に家を出ていた。今日は那智も特に予定がなかったらしく午前中からずっと家にいたのだが、気づいたら姿が見えなかった。ラインで橋田駅の向こう側の赤提灯《ちょうちん》系の焼き鳥屋さんの情報だけが送られてきていた。一緒に行けばいいのに、と思いつつ、私は1人で家を出る。

随分と早い時間に指定されている。17時半。正直まだそんなにお腹は空《す》いていないが、若干陽は傾いている。秋も深まってきている証拠だ。すうっと息を吸うと、秋の枯れた空気が喉《のど》をヒュウと抜けた。

春は桜で満開になる並木道の通りを歩く。来年はここの桜をもう見ることはできない。そう思うと少し寂しさを感じる。この家に引っ越してきた最初の春、満開の桜にテンションが上がって遥香とお花見をした。花見といってもベンチに座り、駅前の商店街で買った団子をビールで流し込んだだけだったが、見える景色が桜満開というだけでビールも団子もいつもより美味《おい》しく感じた。しばらくいると、まだ全然寒いね、となって1時間もいられなかったのだけど。

この家には遥香に誘われて住むことになった。元々同じ職場、といっても私が働いているビルの受付係だった遥香が私の同期の子と大学の同級生で、みんなで飲みに行く機会があり仲良くなった。遥香は社交的で、上手に距離を縮めてくれた。たまに合コンや飲み会に誘われる間柄になり、2人で仕事終わりにご飯に行くこともあった。遥香は誰とでも仲良くなれる才能があるようだった。いつものように2人でご飯を食べていたときに、急に「一緒に住まない?」と言われたのだった。そのとき実は、健太と同棲《どうせい》しようか、という話が出ていてその同棲に向けて一人暮らしをしていた家を解約したところだった。だがこっちは解約をしてしまったのに、健太がうっかりしていて健太の家は自動更新されてしまい、引っ越しできない、と言われて大喧嘩になりそうなところを、遥香に誘われたことによって回避することができたのだ。健太は遥香に感謝しなければいけないと思う。かくいう私も、あんなに怒ってたくせに、独身最後の思い出に……とまあまあ乗り気でルームシェアを始めたのだけど。

人生というのはタイミングだなあ、とつくづく思う。今回の健太のプロポーズだって、タイミング的にはばっちりだ。ちょうどめだか荘がなくなるタイミングで、私はこの家を出て結婚すればいいのだから。それはわかっているのに、二つ返事ができなかった自分が、憎い。

那智に指定された赤提灯系の焼き鳥屋にたどり着く。橋田駅の反対側に歩いて2分。平日は会社員でまあまあ盛り上がっているが今日みたいな土日はそんなに混んでいない。早い時間というのもあるのだろうけど。

ガラッと引き戸をひき暖簾《のれん》をくぐる。炭火で焼いているからか店内は少しけむい。これは服ににおいがつきそうだなと思った。

那智はもうテーブル席の方にいた。すでにビールは半分くらいなくなっている。乾杯くらい待ちなさいよ、と思いながら那智の前に座る。

「私もビールで。……那智いつからいるの」

「んー、17時くらい?」

「はや」

「ここ土日は15時からやってるからね」

「こんなお店よく知ってたね」

「こういうお店好きなのよ。平日はサラリーマンでめっちゃ混んでるから、土日が穴場なの」

那智は女優なのに、こういう気取らないお店が好きだ。意外に思えるかもしれないが、この1年半、那智と過ごしてきたからわかる。一緒に住んでいるみんなのことを、知らぬ間にかなり理解していた。

店内には私と那智の他に、休日のお父さん、といった姿のおじさんが2人いた。カウンターに並んで座り、時折大きく笑い声を上げる。この時間にすでに出来上がっているようだった。

「お待たせしましたー」

ドンッとテーブルにビールが置かれる。なかなか大きなジョッキだ。私がジョッキを持つ前に那智が乾杯、と小さくジョッキを合わせる。せっかちな人だ。

ぐびっとビールを一口飲んで、壁に無造作に貼られているメニューを見る。紙に殴り書きされているメニューたちはどれも美味しそうだ。

「すみませーん。あの、枝豆と、モツ煮と、トマトください。焼き鳥は後で頼みます」

那智の確認を取ることなく自分の食べたいものを頼む。那智は鳥わさを追加で頼んだ。

「よく来るの？」

私はさらにビールを一口含みながら聞く。

「うん。結構来てた。1人でも来るし。友達連れてきたこともあるよ」

「ふーん、そっか」

「でも橋田から離れたら流石に来ないかな。遠くからわざわざ来るほどではない」

「まあ、ね」

「あの家もあとちょっとって思うと寂しいね。楓はどうするの？　家出たあと」

「ああ、うん。どうしよう」

「え、健太くんと住むんじゃないの？」

「ああ、そうだね……」

当然そうすると思ってた、と言わんばかりに言われ、少し戸惑う。健太と住むつもりではあるが、即答できない自分がいた。

「プロポーズ、返事してないんでしょう？」

来たか、と思った。那智がご飯に誘ってくれた理由は、なんとなくわかっていた。もちろん、喧嘩の仲直りが優先事項だとは思うが、私の葛藤《かっとう》を、那智は察していたんだと思う。同じく人生を仕事に全振りしているもの同士、感じるものがあるのかもしれない。

「……いいよね、那智は」

「え？」

「夢があるじゃん。まだまだこれから」

那智は夏にネットリーダスのドラマのオーディションを受けていた。そしてなんとそれに受かったのである。私の知る限り、那智の女優人生で一番のチャンスだと思う。ネットリーダスのドラマに出るということは、日本人に知られるだけじゃない。世界中の人の目に、那智が留まるかもしれないのだ。合格してからの那智は今まで以上に努力をし、見た目を磨いている。見た目だけじゃなく、ワークショップという役者が通うレッスンのようなものにも改めて通い始めたり、技術も磨いている。より一層夢に邁進《まいしん》する那智は、一緒に住んでいる我々もはっとするくらい、さらに綺麗になった。

「確かにそれは楽しみだけど。楓はもうすでにバリバリ働いてるじゃない。わたしは遅すぎるよ、夢の第一歩が」

「今までだって、那智はちゃんと夢に向かって歩いてたよ」

「そうだけどさ、楓はもう夢叶えてるようなもんじゃない？　仕事、第一線でさ、やってるじゃない」

「……でも」

ドッ、とカウンターの方で爆発したかのような笑い声が発生する。私と那智の会話は自然に止まり、顔がカウンターの方に向く。笑い声の主はおじさん2人組だった。

「まーた言ってるよ。お前それ何回目だよ」

「何回でも言うね。これは孫の代まで語り継ぐね。まだ砂とってあるからね！」

かなりの赤ら顔で、おじさんたちは陽気に話す。

「だってさあ、すごいと思わない？　しかも俺の代は春夏二連覇だよ。これは甲子園史においてもかなりの偉業だね」

「でもレギュラーじゃなかったんでしょ？」

「馬鹿言え、ユニフォーム着て甲子園に立ってたぞ。伝達係でな」

「それ甲子園行ったたって言えるのかよ！」

ははは、と言う笑い声が店内に響き渡る。話の内容から、おじさんはおそらく酔っ払うたびに自分が甲子園に行った話をしているのだろう。武勇伝として。もう何十年前かもわからない、この過去の栄光くらいしか、話すことがないのだ。

「いるよね。ああいうおじさん。それしか自慢がないんだろうね」

那智が分かりやすく嫌そうな顔をして、割り箸《ばし》をぱきっと割る。少し右が太めになってしまった不恰好《ぶかっこう》な箸で、お通しで出された厚揚げのおでんをツン、と突っつく。

「いるね。それが人生のピークだったんだろうね。可哀想に。それしかないんだよ。ああはなりたくない」

割り箸をぱきっと割る。私の箸も右側が太く残ってしまって、不恰好な箸になってしまった。

「私は、まだまだこれからピークを迎えたいの。仕事で。学生の頃が1番だったって、言いたくない」

おじさんたちの会話と、最近の自分の思いが重なってしまい、感情が増幅する。嫌悪感が倍に膨れ上がる。やっぱり私は、このまま中途半端に仕事のレールから離脱するわけにはいかない。あの夏を人生のピークにしないためにも、絶対に〝何か〟を成し遂げないと。

「楓はまじで日本一になったんだから、あのおじさんたちとは違うと思うけど」

那智が厚揚げを箸で持ち上げながら言う。味の染みた厚揚げからは美味しそうな出汁《だし》が滴る。

「一緒だよ。あれ以来何も成し遂げてない。仕事でちゃんと満足できたこと、ないんだ。何かが成功しても、上には上がいる」

私は職場での悔しい気持ちを回想する。自分の提案したプロジェクトが初めて通ったとき、廊下で小さくガッツポーズをしている横を、優秀な同期がさらに大きなプロジェクトを手に颯爽《さっそう》と通り抜けていく姿。予算の違い。規模の違い。動員数の違い。興行収入の違い。売上の違い。結果の違い。

「なのに、このまま結婚していいのかなって」

「え？」

「私、1番になりたいの。仕事で1番を取りたいの」

那智はきょとん、とした顔をした後、ぷっ、と吹き出し豪快に笑った。

「ははははは！　え？　そんなこと？」

「待って、え、なんで笑うの？」

「いや、だって、え、もしかして、そんなことで結婚ためらってたのかって！」

けらけらと那智が笑う。私は少しムッとする。人が真剣に悩んでいるというのに、失礼なやつだ。

「はは、わたしさ、楓には他に好きな人がいるのかと思って心配してたの！　健太くん以上に好きな人がいるのかもって。よかった、いなくて！」

「そんなの、いないよ。なんなの、なんで笑うのよ……」

私は箸を半ば投げ捨てるように机に置き、項垂《うなだ》れる。とほぼ同時に、店のおばちゃんが枝豆と鳥わさを机にドン、と置いた。

「楓さ、結婚したらもう仕事できないって思ってるの？　1番になれないって思ってるの？」

「いや、別にそういうわけじゃ」

「意外だった。楓はそんな古い考えの人間っぽくないのに」

那智は届いたばかりの鳥わさをパクッと軽快に口に運ぶ。

「うまっ。あのさ、実はわたしの周りにもね、最近結婚した子がいるの」

鳥わさのわさびが効いたのか、那智は一瞬顔をしかめる。だけどそれを気にせず、そのまま話を続ける。

「その子は女優仲間で、一緒にお芝居やってて、で、わたしと一緒で売れてなくて。少し会わない間に、結婚してた。しかもお腹に赤ちゃんがいるんだって。びっくりした。で、女優やめたって」

やめる。その言葉は私に冷たくのしかかる。やっぱりそうなのか、と。結婚というのは、人生においてすごく大きな出来事だ。それの前と後では、やはり違うのだ。

「わたしはさ、それ聞いてなんで？　って思った。続けたいなら続ければいいのにって。結婚したって、ママになったって、やりたいことやっていいのに」

「それは……その子も色々考えた結果なんじゃない」

「うん。もちろんそうなんだけどさ。わたしも最初はなんか納得しちゃったよ。でもさ、守るものがある人間が、一番強くない？」

「守るもの？」

那智は鳥わさを食べる手を止めない。なんだか私も食べ進めないと負けるような気がして、もう一度不恰好な箸を持つ。

「そうだよ。結婚したら自分だけの人生じゃなくなるよね。自分の人生だけじゃなくて、相手の人生も背負うわけじゃん。それは男だけじゃない、女だってそうだよ。そうなったときに、もっと力が発揮できるんじゃないかって」

さらに鳥わさが那智の口に運ばれる。私は箸を持ったはいいが、それ以降の動きができずに止まったままだ。

「楓は、結婚がゴールのように感じてるかもしれないけど。結婚はゴールじゃなくてスタートだよ。守るものが増えた方が、頑張れることもあるんじゃない？」

衝撃を受けた。今まで考えもしなかった。結婚することのデメリットばかりに目を向けて、あれも無理、これも無理、とできなくなることばかりを考えていた。だけど、結婚をしたからこそできることがあるだろうし、新しく見える景色だって、あるかもしれない。

「楓は1人で日本一になったわけじゃないでしょ？　チーム戦じゃん。結婚だって、チーム戦！　またチーム組んで、日本一目指したら？」

那智の言うとおり、人間という弱い生き物は、1人で生きていくよりも、誰かと生きていく方が、強くなれるのかもしれない。守るものがある方が、強くなれるのかもしれない。そんな大事なことを、私は大人になって忘れていた。チームのみんなのために歯を食いしばったからこそ、あの夏の日本一があったのに。社会の荒波に揉《も》まれて、すっかり忘れていた。自分のためだけじゃなく、誰かのために出したチカラは、他の何ものにも代え難いことを。

さらにもう一口、鳥わさが那智の中に消える。もう私の分はほとんど残ってないんじゃないだろうか。

「それと……この間はごめんね」

おそらく那智が一番言いたかったことを最後に、結婚の話題も仕事の話題ももう出ることはなかった。私たちはたわいもない話をしながら居酒屋飯と焼き鳥を頬張った。店を出る頃には、髪にも服にも炭火のにおいが染み付いていた。

次の日、私はあの橋の上にいた。健太にプロポーズをされた橋。健太を哀しませてしまった橋。

「……お待たせ」

健太が気まずそうに下を向きながら現れた。この前と同じように、鼻の頭が赤くなっている。この前と違うのは、私の方が先に橋の上にいたことだろうか。

「急に呼び出してごめんね」

健太が首を振る。私は那智と食事して別れたあと、すぐに健太に連絡をした。いても立ってもいられなかったのだ。

「私と、結婚してください」

私は速攻本題に入り頭を下げた。あの日の健太のように。

「えっ⁉」

健太は明らかに慌てふためく。全くこの展開を予想してなかったようだった。

「待たせてごめんね……と、いうか、もしもう無理だったら全然断ってくれても」

「いや！　いやいやいやいや！　そんなこと」

健太は頭の中を整理するかのように、片手でちょこんと頭を抱える。もう片方の手は宙を泳いで、位置が定まっていない。急な展開にかなり混乱しているようだ。

「傷つけちゃってごめん。すぐ返事できなかったのごめん。人生の一大決断を、素敵な思い出にできなくてごめん」

健太は戸惑いながらも、まっすぐ私を見つめる。私は緊張から、自分の右手で左手を包む。長い時間橋で待っていたため身体は冷え切っていたが、残されたわずかな体温で、暖を取るように。

「私間違ってた。結婚したらいろいろなことが変わっちゃうことが怖かったの。しかも勝手に、悪い方に行くんじゃないかって思ってて」

「うん」

「私ね、仕事で韓国に行くかもしれないんだ」

「えっ」

健太の片方の手が、またしても宙を泳ぐ。驚きの連続で、さらに健太を混乱させてしまっているようでなんとも申し訳ない。

「あ、まだ決まってないけど、韓国の大きなプロジェクトチームの一員になるかもしれなくて。そしたら韓国に行かなくちゃいけないみたい。それもあって、すごい不安だったんだ。遠距離なんて、したことないし」

「ってことは俺も韓国に、行くのか」

「えっ？」

「いや、まあ仕事があるからわかんないけど。じゃあ向こうに住めなかったとしても、楓に会いに行くたび、韓国で遊べるのか……」

この人は、大真面目な顔をして、何を言っているんだろう。

と思うのと同時に、笑いが込み上げる。本当に、どこまで行ってもポジティブな発想ができる人だ。健太も一緒に行くなんて考えてもみなかった。もちろん、現実的に難しいだろう。だけどこの人は、私を不安にさせないように、変化を前向きに捉《とら》えてくれている。いつだってそうだった。健太のそういうところが、好きなのだ。

「健太って、やっぱりすごいわ」

「ん？」

「いや！……良いなって」

自分が悩んでいたことが急にちっぽけに感じる。どこにいたって、変わらないものはあるのに、何をそんなに焦っていたのだろう。人生において、1番になるというのは、仕事の話だけではない。誰かの1番になることだって、1番を取ることだ。

「私、健太と一緒だったら、もっといろんなことができるようになると思う。頑張れると思う。健太といると、すごく心強いんだ。それは本当に、出会った頃から変わらない。私、健太と家族になりたい」

誰かと家族になる。そしてその家族を守る。家族のために、生きる。今の時代、大黒柱が父親だとは限らない。私は自分に家族ができたら、しっかりとその家族を守りたい。そしてそんな家族になるなら、健太とがいい。

「健太、私とバッテリー組もう。それで日本一を目指そう！」

「え!?」

突然の私のプロポーズに健太は半分口角を上げながら驚いた。少しにやけている。私だって驚いてるよ。こんなにダサいプロポーズをしてるんだから。耐えられなくて私は歯を見せて笑う。

「やっぱり変かな？　昨日逆プロポーズの言葉考えたんだけど」

「いや、変じゃないよ。うん。バッテリーは、夫婦の関係とも言うし……」

ゴニョゴニョ呟《つぶや》く健太を遮るように私は右手を差し出す。

「なってくれる？」

私は緊張を紛らわすように、敢えてしっかりと健太を見ながら問う。健太もプロポーズをしてくれたとき、こんな気持ちだったのだろうか。結婚を見据えて付き合っていたんだから、まさか返事が「はい」じゃないとは思わなかっただろう。何度振り返っても申し訳ない。健太もあのとき、今の私みたいに小刻みに震えていたんだろうか。

「……もちろん。最高のバッテリーになろう」

健太が私の右手を摑《つか》む。繫《つな》がれた両の手に私の瞳《ひとみ》が潤む。健太の手は温かかった。温かくて、大きかった。

こんな風に口約束で結婚が決まって、赤の他人と家族になるのは不思議だ。だけど、その相手を選ぶ権利は誰にでもある。私は何億とある可能性の中から、きっと最善の幸せを手に入れたと思う。

繫がれた手を見ながら健太が呟く。

「俺、キャッチャーでもピッチャーでもなかったけどね」

「そんなこと言ったら私だってそうだよ」

「ライトとサードだね。それでもいいの？」

「全然いいでしょ」

那智の言ったとおり、結婚は、ゴールじゃなくて新たなスタートなのかもしれない。だとすると、この橋がスタートラインなのかもしれない。

私たちは、昔はマメだらけだった手のひら同士を繫いで、橋を渡った。

立冬

からんからん……からんからん……。

鈴のような乾いた音に、人々の自由な話し声。声は喧騒《けんそう》となり、そのまま真っ黒な夜空に吸収されていく。時折聞こえる拍手の音は三三七拍子だろうか。誰かの商売繁盛を願う手拍子かもしれない。

かなりの人出で賑《にぎ》わう鷲丸《わしまる》神社。橋田駅の西口を出て、歩いて4分ほどの位置にある由緒正しき神社である。西口は、リニア開通による開発区域に含まれていない。そのため来年以降も、この鷲丸神社は橋田を見守り続けるだろう。

11月の酉《とり》の日、今日は各地の神社で酉の市が開催されている。ここ鷲丸神社も、酉の市を行う神社として、かなりの賑わいを見せていた。出店も多数並んでいる。金魚すくいに、リンゴ飴《あめ》、チョコバナナ……出店を横目に、提灯《ちょうちん》は所狭しと天高く並んでいる。そして大小様々な、カラフルな熊手たち。

「思ったよりすごい人だね」

はぐれないように楓の服の裾《すそ》をつまみながら、遥香は人混みを歩く。その少し後ろを、那智と柚子も続く。

鷲丸神社の酉の市は毎年開催されているが、特に神様を信じているわけではなかった4人は、これまで参加したことがなかった。だが橋田最後の思い出にと、珍しく4人で予定を合わせて今年は神社に出向くことにしたのだった。

終わりが見えると、名残惜しさからか急に絆《きずな》は深まるものである。学生の頃は卒業式の前にやたらと級友たちと仲良くなったりしたものだ。永遠に続くと思っていた時間が、そうではないと気づいたとき、人はようやく刹那《せつな》を知り、恋しくなってしまう。

「え、誰か熊手買う人ー？」

楓が振り返りながら少し声を張る。賑やかで、張らないと声が届かない。

「いや、わたしは良いかな。てか買うなら楓じゃない？」

那智がよく通る声で返す。うんうん、と後ろで柚子がうなずく。

「いや、私もいい！　これさ、1回買うとどんどん大きくしなきゃいけないでしょ？　また来年も橋田に来なきゃいけないじゃん」

「わ、それ良いじゃん。それを理由に、毎年橋田で集まるの良いじゃん」

遥香が嬉《うれ》しそうに、前にいる楓と後ろの那智、柚子を交互に見ながら言う。

「いやなんだかんだ言って橋田まで来るの絶対めんどいってなるよ」

那智が冷めた声で言う。

「熊手、どこで換えても良いんじゃないでしょうか？　ルールわからないですけど、他の神社でも良いんじゃないですかね？」

全員が酉の市初心者なので、誰も答えがわからないまま、とりとめのない会話が続く。酉の市だけに。

「じゃあ誰も買わないってことでいい？」

「いや、ちょっと待って！」

楓の問いに対し那智が通る声をより一層大きくし、立ち止まる。急に立ち止まった那智の真後ろで柚子も立ち止まる。周りの人たちが急に立ち止まった２人を迷惑そうに見ながらも避けて歩き続ける。

「やっぱりわたし買う。仕事頑張りたいし」

那智が決心したように、両側に並ぶ熊手たちを見る。所狭しと飾られた熊手は一見全て同じようだが、よく見ると一つ一つ違う。

「芸能の人も熊手って買うもんなの？　エンタメ部門にも意味あるの？」

少し離れた場所から那智と柚子の元に近づいてきた楓が聞く。

「いや、正直わかんないけどせっかくの機会だし買う！」

４人とも、熊手について正しいルールはわからないままだったが、祭りの雰囲気に乗せられた那智は熊手を買った。旅行に行って、後々やっぱりいらなかったかも、なんであのときコレを買ったのだろう？　となるお土産を買うようなテンションで。

「よし。これで良いことあるね」

お店の人に三三七拍子も打ってもらいご機嫌になった那智たちを先頭に、４人はまた歩き出す。

初めて買う熊手は小さかったが、これを買ったことにより急に自分が大人に見えるのだった。

「あ、あっちでベビカス買いたい！」

今度は遥香が前方を指差しながら言う。熊手が並ぶこの道を抜けると、そこには出店が連なっている。周りの人々もバターの甘い匂いに吸い寄せられるように、そちらに向かって歩いている。

「ベビカス……？」

「ベビーカステラ！　あっちにあった！　いこう！」

人混みをすり抜けながら、４人はベビーカステラの店に向かった。


無事ベビーカステラをゲットした一行は、神社の裏から道路に出る。裏側は立派な鳥居のある表側とは違い、人の往来が圧倒的に少ない。暗い道を、街灯に照らされる４つの影がユラユラと揺れながら歩く。

遥香の手にはベビーカステラと、悩みに悩んで結局買うことにしたあんず飴。柚子の手にもあんず飴が握られている。柚子の持つあんず飴は、遥香が一つ買って店の人とじゃんけんをして勝ったため貰《もら》えたおまけのあんず飴だ。

「じゃあいこうか、銭湯」

鷲丸神社からさらに西へ、歩いて2分と30秒ほど。一本裏に入った路地にある、空に向かって煙突が伸びる、昔ながらの銭湯。ここの銭湯は開発区域に含まれていない地域にあるので取り壊される予定はないのだが、番頭を継ぐ人がおらず、来年の春には元々閉める予定だった。だがしかし、橋田の反対デモを受け、継ぐつもりのなかった番頭の孫が、銭湯を続ける決心をしたらしい。橋田を守ろうとする住民たちの姿を見て、なにか心にくるものがあったのだろう。古きものを、守ろうとする姿勢。捨てる神あれば拾う神在り、ではないが終わるものがあれば、逆に続ける決心をしたものがいる。不思議なものである。

酉の市を受けてなのか、昨今のサウナブームを受けてなのか、銭湯の靴箱はけっこう埋まっていた。遥香たちは靴箱の木の板の形をした鍵を番頭さんに預け、タオルを受け取る。まだ孫ではなくおじいさんが番頭を務めていた。

女湯もなかなかに混み合っている。元々、地域の銭湯なので基本的には顔見知りのおばあちゃんたちがメインの客層だが、ちらほらと若者もいる。

4つ並んだロッカーを確保できなかったので、4人は少しバラバラに支度を始める。

「サウナ、入れるひと？」

楓が聞く。

「わたしは好き。ここの銭湯もたまに来てるよ」

那智が答える。

「柚子は無理だよね、確かサウナ」

「はい。苦手です。皆さんゆっくり入ってきてください。わたし、待ってますので」

ここの銭湯には、広いわけではないが瓶の牛乳も取り扱う自動販売機のある休憩スペースがある。そこには有料のマッサージチェアもあり、時間を潰《つぶ》すことはいくらでもできそうだった。

「柚子、コーヒー牛乳とか飲めるっけ？」

「コーヒー、飲めないのでフルーツ牛乳を飲んでみます。飲んだことないですけど」

「あれね、美味《おい》しいよね。柚子好きだと思うよ」

「そうですか。遥香さんも好きですか？」

「うん。まあわたしはコーヒー牛乳の方が良いけど。てかそれよりオロポ飲みたいな」

「オロポってなんですか？」

「オロナミンCとポカリ。サウナーがサウナ入るときによく飲むやつなんだけど、せっかくサウナ入るわけだしそれ飲みたい」

「あ、遥香、ここねオロナミンCない。デカビタしか」

ここの銭湯に来慣れている那智が、脱衣所内の細い自動販売機を指差す。確かにそこに、オロナミンCの姿はなかった。

「デカビタか……デカビタとポカリって混ぜても大丈夫なんかなあ」

「まあ大差ないでしょ。やったことないけど。あとここ水風呂《ぶろ》激冷たいよ。覚悟して」

那智は慣れた様子で、躊躇《ためら》いなく一糸纏《まと》わぬ姿になる。銭湯のロゴが入ったタオルで身体を隠すこともなく、お風呂場に向かう。

「おけ。じゃあ誰かに気を遣うとかなく、各々楽しみましょう。お風呂を」

残された楓の言葉を皮切りに、皆思い思いに銭湯を楽しんだ。

橋田の夜が更けていく。いつもと変わらぬ——いや、いつもより少しの賑わいを見せながら。

4章　生島柚子

12月の第一土曜日の午前10時。

すっかり冷え込むようになり、毎朝布団が恋しく、起きるのが簡単ではなくなってきた。毎日が自分との戦いである。特に和室はなかなか冷え込む。敷布団を敷いているだけだから余計かもしれないが、ダイレクトに畳の冷たさを感じ、木造家屋の底冷えを身体全体で感じるのだ。早く下に1枚毛布を敷いて、迫り来る本格的な冬に備えなければ。

と、いつも朝は苦しむものだが、今日は違う。緊張からかすんなりと布団から起き上がることに成功した。

すんなりと起床したわたしは、いつものルーティーン通り洗面所で顔を洗う。シンプルに化粧水と乳液だけで肌をなんとなく整え、歯を磨く。いつもだったら朝ごはんをどうしようか、と考えるところだが今日は食べない。そのままキッチンやリビングへは向かわず、再度和室に戻った。

事前のリサーチにより今日はこの家の住人が全員家にいる日だということは把握済みだ。午後からは楓さんは予定があるようだが、遥香さんと那智さんは、今日は一日中家にいる。

那智さんはネットリーダスのドラマが決まり、ずっと続いていた舞台出演を少しの間おやすみしているようだ。このまま映像の作品の方に少しずつシフトチェンジをしていきたいらしい。

わたしがなぜ、みんなが在宅している時間を調べたのか。それは、みんなに伝えたいことがあるから。

パジャマから私服に着替え、和室で一人、己と向き合う。正座をし、目を瞑《つむ》る。そして少しだけ、短く息を吸う。

よし。

わたしは決心をして自分の部屋の襖《ふすま》をガラッと開ける。さながら武士だ。自分らしくなくて思わず笑ってしまいそうになる。この襖も、この2年間、こんなに乱暴な扱いをされたことはないはずなのでさぞ驚いているだろう。

自分の部屋を出て玄関前を横切り、階段を昇る。約1年前のときのように。

階段を上がってすぐの場所にある那智さんの部屋のドアをノックする。コンコンコン。

「はい？」

切れ味のいい返事がして、勢いよくドアが開いた。

「すみません、リビングに降りてきてもらえますか」

ぞろぞろと、この家の住人が全員リビングに集まってきた。遥香さんはパジャマ姿だ。起こしてしまったかと申し訳なく思ったが、どうやら布団から出られずに携帯をいじっていたら1時間くらい経ってしまったらしく、むしろきっかけをありがとう、と感謝された。那智さんは自分の部屋で日課のストレッチをしていたようで、スポーティーな装いをしている。ネットリーダスのドラマが決まってからさらに磨き上げられたスレンダーな身体は、女性のわたしから見ても惚《ほ》れ惚《ぼ》れする。これが女優か、と。そして楓さんはメイクの途中だったようで、前髪に羽根ピンがついたままだ。

「どうしたの？　珍しいね柚子が集合かけるなんて。あ、でも前にもあったね1回」

那智さんが話しているのはおよそ1年前の出来事のことだろう。町の再開発が決まり、この家に立ち退き要請が出ていることをみんなに伝えた日だ。

「すみません、大事な週末を。そして貴重なお時間を」

「いやいや、いいのよ、マジで何もすることないし」

ピンクのパジャマ姿の遥香さんが言う。この家の人たちは、本当に優しい。別に優しい人を集めたわけではない。偶然、優しい人たちが集まったなと、わたしはいつも思う。

「あの、楓さんは準備がありますよね。なるべく手短に話します」

わたしは、いつもの癖でまた正座をしてソファに向き合う。つい小さいときからの癖で、正座をしてしまう。長時間の正座は確かに人並みに痺《しび》れるが、わたしは正座をするとなんだか自分という存在が腑《ふ》に落ちる。自分にとっての勝負姿勢なのだろう。わたしは膝《ひざ》の上で丸めた手をさらにキツく結び、本題に入る。

「約2年間という短い時間でしたが、本当にみなさんありがとうございました」

頭が床につくくらい、頭を下げた。わたしの急な感謝の言葉と姿勢に、みんなが戸惑った空気を出したのが伝わってきた。

「急にどうしたの!? 頭あげて」

慌てて楓さんがわたしの身体を支え、頭を正しい位置に直す。確かに、目の前の人が急にほぼ土下座のような姿勢を取ったら、それはさぞ驚くだろう。

「まだそんなお別れじゃないでしょ、少し駅の工事も延びたんだし。お別れの挨拶《あいさつ》、早くない？ あ、それとも、今すぐ出ていけってなってるとか……？」

橋田駅の本格的な工事は、住人たちの強烈なデモによりスケジュール通りに進むことができず、一旦延びることとなった。とは言っても、これは国を挙げての決定事項なので橋田駅が今まで通りの姿でここに存在することはやはりできず、首の皮一枚で今の景観を保っているだけだ。それでも住人たちは一筋の光にすがり、いまだに激しいデモを続けている。そのおかげで、我々もめだか荘を出ていく日が延びているのであった。

「前もこの家がなくなるってとき、こうやって集まったもんね。え、もしかして……？」

「あ、違います違います！ むしろ、その逆です」

「逆？」

みんなのきょとん顔が並ぶ。

「逆、と言うわけでもないんですけど。あの、わたし、この家がなくなると決まってからの1年間で、気づいたことがあります」

3人がわたしの言葉に耳を傾けてくれている。まるで授業参観に来た母親のようだ。少し心配を含む表情。思えばこの2年間、わたし発信で何かを話すことはほぼなかった。そんな貴重な瞬間だからか、みんなはわたしが喋《しゃべ》りやすいように、急《せ》かすことなく焦《じ》れることなく聞いてくれようとしている、ように見える。それがありがたくて、なんだか泣きそうになってしまう。

「今まで、自分の人生にあまり興味がありませんでした。だからか、自分にとって大切なものも、本当にあまりなくて。だからこんな感情は初めてで、あっているのかわからないんですけど……」

わたしは、再度息を吸う。

「初めて、大切なもの、大切な場所ができました。それがこのめだか荘です。みなさんと過ごすめだか荘での生活がすごく好きです。この家は、最初は父親の物であるということであまり好きではなかったのですが、集まってきてくれたみなさんが、みなさんで本当によかったです。そのおかげで今ではこの家のことも好きだし、わたしはここでみなさんと接して、ああこんな考え方もあるんだなあ、とか、こんな思いがあるんだなあ、とか、今まで自分が周りに興味を持ってこなかったことがもったいなく感じるくらい、人の人生に触れるとこんなにも自分につながるんだって、初めて知りました。それで」

約1年前に、めだか荘がなくなることを知ったとき、物事には終わりがあることを知った。永遠なんてないのだ。森羅万象全てに終わりが来る。そして終わりがあるからこそ、美しい。この家に対する気持ちは、その美しさに似ていた。

「絶対無理だと思うんですけど、わたしめだか荘をなくしたくない、と言う気持ちを、父に伝えます」

「えっ」

遥香さんが声を漏らす。

「話すの？　お父さんと」

「はい。話してみようかと」

「……大丈夫なの？」

遥香さんが心配そうにわたしを見る。

わたしと父の関係は、良くない。わたしは父が嫌いだ。幼い頃から仕事にしか興味がなく、家族を蔑《ないがし》ろにしてきた父親。家族らしい思い出は1つもない。運動会や卒業式などの学校行事に来てくれた記憶もない。そもそも、父と母はわたしが子供の頃に離婚してしまった。わたしは母についていきたかったのだが、離婚により母が病んでしまいそうもいかず、わたしは「生島」のままになった。いま母がどうなっているのかはわからない。ただその父の、家族を顧みない努力のおかげで、会社が大きくなったことは事実で、わたしの父で2代目となる生島コーポレーションはいまや不動産業界で1、2を争う大企業だ。わたしがいま何不自由なく生きているのは、父のおかげなのである。その事実に、吐き気がするのだけど。

遥香さんは、この家の住人たちの中で一番わたしとの関係が長い。この家に一緒に住むことになった順番も、遥香さんが一番だ。故にこの家のはじまりを知っているし、わたしと父の関係も知っている。もちろん父と遥香さんは会ったことはないが、それは当然のことで、実の娘のわたしですら父に会うことは滅多にない。

「そうですね、しばらく会っていないです。今後も、会うつもりはなかったです。でも」

わたしは、みんなに一番伝えたかった思いを伝える。

「みなさんを見ていて、刺激をもらいました。自分はこのままでいいのかなって。みなさんがこの家にいた短い時間で、それぞれ成長されている姿を見て、わたしもなにか変わりたい、と思いました。それで、自分にとっての進歩は、父と向き合うことなのかなって」

この2年間、いや、特にこの1年間、みんなの人生の岐路に立ち会えた気がする。遥香さんは、いい意味で変わっていないけれど、那智さんが自分の手で夢を摑《つか》み取る瞬間を見られたし、楓さんは結婚をする。文字通り第二の人生だ。年齢的にも、女性は30歳を前に、色々と変化がある生き物なのかもしれない。だけど、わたしは。特に何も変わらない日々を送っている。この家に来た2年前から、何も変わっていない。30歳という年齢は、もう見えている。それでも特になんの変化もない。このままこの家を出たとしても、きっとまた父親から紹介された物件に移り住むだけだ。それでいいのだろうか？　結局嫌いな父がいないと生きていけない、弱いままでいいのだろうか？

「父に会ったところで、なにかが変わるわけではないかもしれないですけど……このままでは、自分に納得できません。わたしも、みなさんみたいに、前に進みたい。なにか、変わりたい。父と向き合ってみます」

一番伝えたかった気持ちを言葉にする。すると、フラッと身体の力が抜けた。おっと、と近くにいた楓さんが直ぐに身体を支えてくれる。どうやら自分でも気づかない間に、相当力んでしまっていたらしい。慣れないことをするもんじゃないな、と思いながら、こんなことでクラクラする自分に恥ずかしくなった。

「偉い偉い。もう充分に今の決意表明で成長なんじゃん？」

那智さんが笑顔で言う。本当に優しい人たちに恵まれたな、とまた思った。

「聞いてくださりありがとうございます」

ピンポーン。

まるでわたしが話終わるのを待っていたかのようなタイミングで、玄関のチャイムが鳴った。

「あ、わたし出るよ！」

わたしは身体の力が抜けているし、楓さんはそれを支えてくれているので遥香さんがスッと立ち上がり玄関に向かう。

「ありがとねえ、柚子。そんなこと思ってくれてたんだねえ」

楓さんが優しく言葉をかけてくれる。

「あ、でももし、万が一この家が無くならないってなったとしても、楓さんは健太さんと一緒に住んでくださいね」

「はは、申し訳ないけどそうするわ」

楓さんの笑顔につられわたしの口角も思わず上がった頃、ドタドタと遥香さんが玄関から急ぎ足で戻ってきた。

「柚子、お客さん」

遥香さんの顔は、なぜかやけにわくわくしている。

「しかも男の子。イケメンの。だれ？　あれ！　どんな関係？　そんな人いるんだったら紹介してよ！」

わたしに男の子のお客さん……？　思い当たる節がなさすぎて、返す言葉が見つからない。

すると、遥香さんの興奮した声が玄関まで届いたのか、来訪者が声をあげた。

「あ、弟です！　ぼく！　柚子さんの」

おとうと……？　わたしはさらに混乱した。なぜなら、わたしは一人っ子のはず。


めだか荘に男性がいる。

リビングのソファに腰掛けた男性は、カチッとしたダークグレーのスーツを着ていて、遥香さんが言うように確かに端整な顔立ちだった。すらっと背が高く、清涼感があり、ダークな印象を一切与えない。大人っぽくも見えるのだが目の下の泣きぼくろのおかげで、どこか中和されていて、年齢が読み取れない。

この家に男性がいるのは、それだけでも不思議なことなのに、男性はわたしの「弟」だと名乗った。

わたしは生まれてから26年間、一人っ子だと思って生きてきた。自分の誰かにあまり頼ることのない性格も、一人っ子ならではだという自覚がある。意味がわからなすぎて混乱しているが、もし彼が本当に弟だとしたなら……家族間の問題に他人を巻き込むわけにはいかないので、遥香さんたちには申し訳ないがリビングから退室してもらった。1人では心細いとも思ったが、野次馬精神なのかリビングのガラス戸の直ぐ向こうで遥香さんと那智さんが耳をそばだてていることに気づいていたので、ありがたく気づかないフリをした。

「あっ、申し遅れました。あの、これ」

彼はガサガサと綺麗《きれい》な名刺入れを出し、慣れない手つきで名刺を出す。

「ぼく、生島翔大《しょうだい》と言います。生島コーポレーションの代表取締役、生島茂光《しげみつ》の息子です」

「はぁ、父の……」

彼から出た名前は紛れもなく父の名前だった。

「はい。柚子さんも、生島茂光の娘さんだとお伺いしました。急な訪問、申し訳ありません。

ぼくも自分に姉がいたなんて、最近知ったことで」

「はぁ……」

名刺には生島翔大、と書かれている。そして名刺は確かに見覚えのある生島コーポレーションのものだ。

「あの、言いづらい話ではあるんですけど。わかってしまうことだと思うし、絶対伝えなければいけないことだと思うので、先に伝えますね」

彼は正しかった姿勢をさらに正す。その姿勢の良さは、確かに父を彷彿《ほうふつ》とさせる。

「さっき弟だと言ったのですが……正式には、ぼくの母と、柚子さんのお母さんは違う人です。つまりぼくらは、異母姉弟です。腹違いの、姉弟です」

腹違い……。ドラマや映画の中でしか聞いたことのない言葉。わたしのおどおどした性格と、彼の堂々たる姿勢が、姉弟にはまるで見えないのは、母親が違うからか。だが不思議と、納得した気持ちになるのはやはり血が繋《つな》がっているからだろうか。それとも父が、そういうことをしていてもおかしくない人だという認識が、少なからずあるからだろうか。

「異母姉弟……」

わたしは思わず呟《つぶや》いていた。

「驚きますよね、急にこんなこと言われても」

「まあ……。あの、一つ聞いてもいいですか？」

「はい？」

「あの、失礼なんですけど、歳は……」

わたしは、彼と自分が異母姉弟だったとして、確かめなければいけないことを問う。

「ぼくですか？　22歳の、大学4年生です。来年から、生島コーポレーションで働くことになっていて、この名刺は、まだ誰にも配っていないものなんです。初めて人に渡しました」

完成したばかりの名刺を、初めて誰かに渡すという記念すべき社会人ファーストミッションの達成に、彼は少しむず痒《がゆ》いようにはにかんだ。しかし、こちらからするとそんな甘酸っぱさに構っている場合ではなかった。

わたしの父、生島茂光と母が離婚したのは、たしかわたしが7歳の頃だ。つまり19年前。細かいことまでは覚えてないが、もう充分に自我の芽生えている年齢なので、2人が別れることになった事実についてははっきりと覚えている。

彼の細かい誕生日などは知らないが、どう考えても、父はわたしの母と別れる前に、このいま目の前にいる「息子」をつくっている。わたしの知らないところで、母の知らないところで——いや、母はもしかしたら知っていたかもしれない、もしくは知ってしまったかもしれない。とにかく父はわたしたちの他に「家族」をつくっていたのだ。わたしたちに構ってくれなかったのは仕事が忙しかったからだけではないのか。再び父に裏切られたような気持ちになり、目の前がどよんと澱《よど》む。

そんなわたしの内心を知ってか知らずか、彼は話を続ける。

「ぼくの母と、父の生田茂光が籍を入れたのは実は最近です。ぼくが高校生のときだったかな……だからぼくが生島になったのはここ6年くらいの話なんです。それまでは瀬尾《せお》翔大として生きてきました」

彼は大学生とは思えないほど、しっかりとした口調で話を進める。

「ずっと母子家庭で、お父さんはいないと思っていたから……まさか父に会う日が来るなんて、思ってもみなかったです。でも割とすぐに受け入れられました。まあ、最初は戸惑ったりもしたけど。すごくいい人だったから、茂光さんが。それで、そこからこの人のもとで働きたい、できたら父の跡を継ぎたい、と考えるようになり、今は生島コーポレーションに就職が決まってます。ちょっとずるい就職の仕方だから、友達からはいろいろ言われたけど」

彼は申し訳なさそうな、だけど嬉《うれ》しそうな笑顔を見せる。真っ直ぐな子だ。きっと友達にいろいろ言われた、とは言っても「このヤロー」と冗談混じりに肩を組まれたりしただけだろう。そんな情景が簡単に目に浮かぶほど、彼から受け取る「好青年」の印象は強い。

「それで、春から勉強のために留学することになったんです。不動産業界の新たな発展のために、海外にも進出を考えているみたいで、将来的にぼくがそのプロジェクトを任されることになりそうで、その勉強のために。なので今は日本でやり残したことを全部できたらなあ、という期間で。そこで、姉の存在を知って、柚子さんに会いにきたんです」

……彼はわたしが父親を嫌いなことを知っているのだろうか。父はどういう経緯、どういう言葉でわたしの存在を、彼や彼の母親に話したのだろうか。想像がつかない。

「会えて嬉しいです。この家も父の会社のものだと聞きました。あと柚子さんが生島コーポレーションの子会社に勤めているということも聞いています。いつかぼくが立派になったら、一緒にお仕事とかでお会いすることもあるのかなあって。勝手に楽しみにしてるんです」

彼の屈託のない笑顔からは、悪気が一つも感じられなくて、心がぎゅ、となった。まるでその言い方では、わたしが父におんぶに抱っこみたいじゃないか。でも実際にそうだから、わたしは返す言葉が見つからないし、返そうとも思わない。

「……はい。ありがとうございます。わたしも会えて嬉しかったです。留学頑張ってくださいね」


わたしはすっかり、父に会いに行く気を失くしてしまった。

「弟」が悪いわけではない。彼が事情を知っているのか知らないのか、そんなことはどうでもよくて、ただ彼の真っ直ぐさは、純粋ゆえに無邪気に鋭利に、わたしの心をえぐった。

わたしより先に、わたしのことを知っているなんて、まるで向こうがファースト家族で、こっちがセカンド家族みたいだ。実際、その通りなのだろうけど。

弟の方が本社で、わたしが子会社の方にいるのも、情けない。わたしが何もできない人間だからしょうがないのだけど、なんとも情けない。彼はわたしにまた仕事で会えるなんて言っていたけれど、そんな日はおそらく来ない。海外を拠点とし、バリバリに生島コーポレーションを背負っていく彼と、たかだか子会社で会社員をするわたしに、今後接点は生まれない。それを彼はどこで知るんだろうか。

一通り好きなことを話し、彼は爽《さわ》やかに帰っていった。それを見送るわたしを、どこまで聞いていたのかわからないが遥香さんと那智さんは何も言わずに見守っていた。2人はどう声をかけていいのか分からなかったのだろう。わたし自身もなんて声をかけてもらいたいのかわからなかったので、少し出かけます、と言って家を出た。

住人たちの猛烈なデモにより、少しのあいだ延命した橋田の商店街を歩く。駅から延びる昔ながらの商店街だ。おじいちゃんが1人でやっている薬局も、美味《おい》しい和菓子屋さんも、豆腐屋さんもおにぎり屋さんも、わたしは大好きだ。仕事以外であまり電車に乗らないわたしは、お休みの日はふらふらと橋田駅周辺を散歩することが好きだった。我が家とは駅を挟んで反対側にある小さな公園も、遊具らしい遊具はブランコと小さな滑り台しかないけれど、錆《さ》びたパンダやリスの置物がレトロな雰囲気を出していて好きだ。そこの公園は開発地区には指定されていないのでなくなるわけではないけれど、めだか荘がなくなったらきっと橋田駅から離れるだろうから、もう足を運ぶことはなくなる、と思ったら無性に恋しい。

橋田駅周辺の開発が延びたときには、あのデモは意味があったんだと、勇気をもらった。やけにアナログなデモではあったけれど、声は届くのだ、と。わたしも勇気を出して声をあげよう、と思うきっかけをもらったものだ。

そう思ったのがすごく前に感じてしまうくらい、いまは意気消沈してしまっているのだけど。

そういえば、遥香さんには姉がいると聞いたことがあるが他の2人の家庭はどんななのだろうか……確か楓さんには弟がいたような。那智さんは……なんとなく一人っ子っぽい。兄弟がいる、というのはどんな感じなのだろう。一緒にお出かけしたりして、仲良く楽しく過ごすのだろうか。それとも比べられて、辛《つら》い思いをするのだろうか。

とぼとぼと目的もなく歩いていたら、例の小さな公園に着いた。目的もなく歩いていたつもりだったが、心のどこかでこの公園を目指していたらしい。わたしは錆びたパンダの置物に腰掛ける。

パンダの置物の目の黒い塗装が、雨か何かで流れ落ちて線を引いている。まるで泣いているようだといつも思う。

季節はすっかり冬だけど、昼間は太陽の日差しがぽかぽかと暖かい。わたしは空を見上げた。空は澄んだ青色をしている。わたしの気持ちなど何も知らずに。

土曜日なので公園にはぼちぼち人がいる。小さい子供を連れたお母さんたちが何組かで楽しそうにおしゃべりをしている。お母さんの目の届く範囲で、子供たちも楽しそうに走り回る。中学生くらいの女の子4人組に、イヤホンで音楽を聴きながら身体を動かしている若い男の子たち。ダンスの振り付けを考えているのだろうか。そして、シルバーカーを押しているおばあちゃん。

みんなそれぞれに、それぞれの人生があるのだと思うと不思議だ。楽しそうに笑っている中学生女子グループも、若い男の子たちも、お母さんたちも。人生があるということは、それぞれに悩みもあるのだろう。あの小さな子供たちにも、小さい身体なりにきっと悩みがある。そして人生長く生きれば生きるほど、もう二度と笑えないと思う夜もあるかもしれない。それでもみんな生きているんだ……。

ぼーっと周りを見ながらもわたしの頭の中は、父のことで支配される。今までずっと避けてきたこと。考えないようにしてきたこと。ようやく向き合おうと決心した矢先、現れた腹違いの弟。なるほど、神様はこうして人間に試練を与えるのだな、と思った。

「考えごとかい？」

気づいたらわたしの座っているパンダの隣のリスの置物に、シルバーカーを押していたおばあちゃんが座っていた。錆びたリスの横にはシルバーカー。

「えっと……」

突然話しかけられ、露骨に戸惑ってしまう。心配されるほど深刻な顔をしていたのだろうか。

「これだけ生きてるとね、なんとなくわかるんだよ、なにかに悩んでる子っていうのは」

わたしは人見知りだ。たとえなにかに悩んでいそうな表情をしていたとしても、正直そっとしておいてほしいと思う。初対面の人に心の内を見せるなど、簡単にできるタイプではない。

だけどおばあちゃんのいかにも優しい表情に、少しもたれかかりたくなってしまった。こんなことは、人生で初めてだ。今日は人生で初めてのことだらけだ。

「……悩んで……いるのかもしれませんが……」

とはいえ、簡単に人に話す内容とは思えない。複雑な家庭の話なのだ。軽いテンションでは到底話せなくて、わたしは言葉に詰まる。おばあちゃんはこのまま一生わたしが話し出すのを待ってくれそうな優しい顔のまま、でも先に口を開いた。

「わたしはね、今デモに参加しているんだよ」

デモというのは、週末行われているリニア開通による再開発に対する反対デモだ。少しの間、再開発までの猶予をもらえた今も、住人たちは未《いま》だにデモを行っていた。それはそうだ、期間が延びただけで、再開発は行われる。中止にはなっていない。だが住人たちは中止になる可能性を信じて、デモを続けている。

「やっぱり、橋田の風景が変わるのは嫌ですか？」

「そりゃあねぇ、ずっとここで生きてきたからね。もちろん、昔に比べてかなり風景は変わったよ。駅なんてものすごく立派だしね。駅の周りの建物も、新しくて綺麗だし、わたしは今の橋田の風景もとても好きだよ。だけどね……やっぱり、商店街がなくなるっていうのは、違うね。寂しいなんてもんじゃないよ。あそこには思い出が詰まってる」

おばあちゃんの目は遠くを見る。懐かしむように。その目は今日の青空のように澄んでいる。年を重ねると瞳《ひとみ》は濁るものと思っていたが、おばあちゃんの瞳は綺麗なままだ。きっとたくさんの思い出があの商店街には溢《あふ》れているのだろう。おばあちゃんが学生服を着て、友達とあの商店街で食べ歩きしている映像が簡単に浮かんだ。

「そうですよね。わたしも寂しいです。橋田に来たのは2年前ですけど、あの商店街はとっても好きです」

「あら、よそから来た人にも気に入ってもらえてると思うと嬉しいねえ」

「特にあの和菓子屋さんはとても好きです。へいわ堂さん。みたらし団子が美味しいです」

「あら！　あそこはわたしが小さい頃からあるのよ。戦争を経て名前を変えたのよ、平和を願って。いまはお孫さんが継いでるはずだけど、味は昔から変わらないのよねえ。しっかり学んでらっしゃるのね」

「はい。だけど新しいものにも挑戦していて素敵ですよね。夏の間だけ食べられるかき氷とか、しっかり今の流行《はや》りもおさえていて、素晴らしいです」

「ふふ、若者に好評よねえ」

おばあちゃんはとても嬉しそうに話してくれる。本当に商店街を、橋田を愛していることが伝わってくる。

わたしは、おばあちゃんの顔色を窺いながらも、ずっと疑問に思っていたことを聞く。

「あの……どうなると思いますか？　橋田駅は」

正直、あのデモ活動が勝利をおさめることはないと、わたしは思っている。これはおそらく橋田駅を生きる若者の総意だ。デモにはたまに若い人（とは言っても30代後半から40代と思われる）も参加しているが、基本的には高齢者が参加し、声を挙げている。それを横目で見ながら、意味あるのかな、と思っている人がほとんどだ。冷ややかな視線を送る若者も多い。最近の若者の「諦《あきら》め力」はすごい。泥臭く粘って、しがみついて得る勝利の味を若者はあまり知らない。「こうなりました」と言われたら「はい、そうですか」「しょうがないですね、決まったことですし」と、すぐに納得して諦めてしまう。わたしはそれを、決して悪いことだとも思わないのだが。

だから実際にデモに参加している方たちは、どう考えているのだろうと思っていた。本当に橋田の愛する風景を取り返すことができると心から思っているのか、それとも……。

「わたしはね、結果には興味がないの」

「え？」

意外な解答だった。

「どうなるかは、神のみぞ知る所だから、どうしようもない。だけど後悔だけはしたくない。結果よりも経過が大切なのよ、声を挙げたかどうかがね。できることは全てやって、それでもダメだったら仕方ないけど、なにもしてなくてダメだったら後悔が残るでしょう。あのとき、ああすればよかったこう言えばよかった、って。それは嫌なのよ」

意地悪な質問をしてしまったかもしれない、と少し思っていたけれど、おばあちゃんの返す言葉に、その思いがスーッと消える。わたしが思っているよりも、おばあちゃんの意思はしっかりしていた。

「思っていることは、思っているだけじゃ誰にも伝わらないのよ。ちゃんと言葉にしないと。

気づいてよ、わかってよ、なんてものは甘えなの。いやだ、と思っているんだったらちゃんと言葉にしなくっちゃ。だって人間は超能力者じゃないんだもの、人がどう思っているかを、その心のうちを決して読んではくれないのよ」

だから声を挙げるの、とおばあちゃんは続けた。


怒濤《どとう》の週末が終わり、いつも通りの月曜日がやってきた。

いつもと変わらぬ時間に起きて、プログラムされているロボットかのようにルーティーン化している朝の支度をして、会社に行く準備をする。心の中で「行ってきます」と玄関外の甕《かめ》の中のメダカ達に声をかけたとき、異変に気づいた。

死んでいるメダカがいる。

小さく白いお腹が2つ、水面に浮いている。それを避けるようにして他のメダカ達が泳いでいた。

メダカの寿命はおよそ2年だと聞いたことがある。このメダカ達がいつからこの家の甕に住んでいたのかは知らなかったが、どうやらわたし達とほぼ同時期の入居だったらしい。

メダカの死は、この家とのお別れを示唆しているようで、心がずん、と重くなった。

帰ったら庭に死体を埋めよう。自分と約束をして、わたしはいつもと同じ時間の電車に乗るために、少し早足で橋田駅に向かう。

なにも変わらぬ日常だ。違うのは、週末に自分に家族が増えたことだけだ。家族と言っても、腹違いの。

本当は、週明けにでも生島コーポレーションの本社に行って、父親に会おうかと思っていた。自分の弱く、脆《もろ》い小さな意志が変わってしまう前に行動しようと。

だが、この週末ですっかり弱ったわたしの思いは、今はちびちびと消える寸前の焚《た》き火くらいの大きさになってしまった。今は父に会う気になれない。

わたしは橋田から会社に向かう電車の窓から外を眺める。変わらない景色が流れていく。そうしていると、結局このまま、なにも変わらないまま、人生が流れていくのを待つだけでもいい気がしてくる。自分に弟がいたことも、父が別の場所で家族を作っていたことも、知らないふりをして目を背けていれば、今までと変わらぬ人生を送れるわけだから。無理に向き合って、声を張り上げて父の痴態を罵《ののし》って、どちらも傷つく結果では、体力がいるし誰も幸せにならない。母子家庭できっと苦労をしてきたわたしの弟が、ようやく完全体の家族に出会えて、それがさらに尊敬できる父親で、ずっと憧れていたであろう〝父〟の背中を追う……そんな幸せな時間を、否定するのは野暮すぎる。わたしは部外者だ。なにもしなくていいのだ。

いつも通りの時間に駅に着き、いつもと同じ道を歩き、会社に向かう。同じビルに向かう同じ歩幅の人たちは、大体馴染《なじ》みの顔ぶれだ。その人たちも皆、先週と同じ顔をしている。

週末をそれぞれどう過ごしたのだろうか。もしかしたらわたしのように人生の分岐点となるような出来事があった人もいるかもしれない。一歩も家から出ず、なんでもない土日を過ごしただけかもしれない。この人たちがなにをして過ごしたのか、それをわたしは知ることがない。

会社について、自分のデスクに向かう。

そもそも、家族がロクでもないなんて人間はごまんといる。親は選べないのだ。これが俗に言う、親ガチャ。産まれたときから運が悪いなんてとても悲しくて認めたくないが、ハズレを引いた子供はわたしだけじゃない。辛い思いをしているのはわたしだけじゃない。そう言い聞かせながら、今日も業務と向き合う。

パソコンを起動させると、メールが届いていた。普段見ない名前に少し心臓が驚く。父親からだった。

このタイミングで、一体なんだ。メールを開くと短い一文のみ。

『翔大に会ったか？』

あまりの短さ故、その文章からわたしはなにも父の気持ちを読み取ることができなかった。まるで毎日連絡を取り合っている人に送るようなフランクさだ。メールなんて何年ぶりか、思い出せないくらいなのに。

ただの確認なのか、焦りなのか、こちらを窺うものなのか——父がどんな思いで、普段連絡をとらない娘にこれを送ったのか。なにもわからなかったが、父のあっさりとした毅然《きぜん》たる態度に少し腹が立った。

わたしはメールの画面をさっと閉じて、やらなければいけない資料と向き合う。なんと返事をしていいかわからないし、もう仕事の時間だ。

顧客リストに並ぶ名前を見ながら、わたしはメールの件を必死に頭の外に追いやる。

「生島さん、生島さん」

会社の先輩である田上絢《たがみあや》さんがわたしに声をかける。銀縁の眼鏡にセンターパートの黒髪を一つに束ねている。グレーのスーツをきっちりと着こなす、まじめな人だ。

「はい」

「あのさ、来週の本社でのミーティングなんだけど」

うちの会社は生島コーポレーションの子会社であるため、月に1度本社に出向いて意見交換会に参加しなければいけない。毎月違ったメンバーが参加しているのだが、わたしはその役目をうまいことくぐり抜けている……というと聞こえはいいのだが、内気なわたしがその交換会に出たところで、なんの成果もあげられないことが社内にばれているため、指名を受けないというのが大きな理由だと思われた。

「生島さん、行ける？　その日が結構みんな忙しくて」

「……はい。大丈夫です」

よりにもよって、嫌なタイミングで本社に出向くことになった。とは言っても意見交換会に、代表取締役である父が参加することはない。そもそも普段本社にいるのかどうかもわからない。

「水曜日でしたっけ？」

「そう、水曜日。その日は中井《なかい》さんと行ってもらうことになりそう」

「わかりました」

一緒に行くのが中井将貴《まさき》さんでわたしは安堵《あんど》する。中井さんはわたしと2つ3つしか年が変わらないがしっかりしていて、社内のエースだ。後輩からも、先輩からも支持が厚い。オマケに顔もよく、他の支社の女性社員たちからの合コンの指名も鳴り止まない。出世街道まっしぐら、生まれながらの勝ち組といったイメージの人である。

「よろしくね。……社長にも、よろしくね」

「はい。わかりました」

「頼んだよ～、うち最近伸び悩んでるからさ。ちょっとでもいい仕事振ってもらえるように、こっそりお父さんにお願いしておいてね」

「……はい」

わたしが代表取締役、大社長の生島茂光の娘であることは、当然みんな知っている。だが娘なのに本社ではなく子会社に配属されていることについては、腫物《はれ》を扱うような感覚で皆触れないようにしている。だがそんな状況でも、会社のためには腫物に触れなければいけない瞬間があるようだ。

やはり神様は父親と向き合え、と言っているのだろうか。

考えることは山積みだが、目の前の仕事も山積みなので、わたしは「仕事」という名の山の方と向き合うことにした。

いつも通り定時に仕事を終え会社を出ると、会社の前の植え込みの縁に腰掛ける遥香さんの姿があった。

「やっ」

右手を軽く挙げてわたしに挨拶する。会社の前で待ち伏せをされたのは初めてだ。

「普通こういうときは、『よっ』じゃないんですか?」

「……まあいいじゃん。今日この後空いてる?」

「はい、家に帰るだけです」

「そしたら、ご飯でも行かない? ここの会社の近くに美味しそうな和食屋さん見つけたの」

遥香さんはこうしてたまにご飯に誘ってくれる。外食をするのは、遥香さんが誘ってくれたときくらいだ。那智さんや楓さんとは家でご飯を食べることはあってもわざわざ外に行って食べることはない。

わたしにとったら誰かをご飯に誘うという行為は、六大学の大学受験よりも難関だ。なのに遥香さんはごく自然に、当たり前のように声をかけてくれる。だが今日のお誘いはごく自然というよりはわたしを気遣ってくれているものだと、鈍感なわたしでもわかった。

少しばかり会社の前の通りを駅とは逆方向に歩いた先の、雑居ビルの地下に和食屋さんはあった。

地下へ降りる階段のところには、今日のおすすめのメニューが書いてある立て看板と、頭上には蜂の巣のような黒い球体がぶら下がっている。手書きで書かれたメニューはどれも少し凝っていて、おしゃれな和食屋さんなのだろうなということが見てとれた。

階段を降りて木でできた引き戸を引くと、落ち着いた雰囲気のお姉さんが迎えてくれた。遥香さんが自然に「遠藤です」と伝えるとお姉さんが「お待ちしておりました」と返して席まで案内される。予約してくれていたらしい。意外と広い店内は、照明こそ暗いが、テーブルにはスポットライトのような照明が当たっており、ここに出されるであろう料理たちはステージの上にいるように輝き、より美味しく見えるのだろうな、と思った。

「このへん美味しそうなお店が多いね～、あんまり来ることないから知らなかった」

遥香さんがお姉さんに着ていたコートを預けながら言う。

「そうなんですか？　わたしもあまり行かないので知らなかったです」

「探索しないの？　美味しいご飯屋さん探しとか。柚子はしないか」

「したことないですね」

「柚子は自分で作れるもんね。でもこうやってさ、2人でご飯行くのちょっと久しぶりじゃない？」

　確かに、夏の終わり頃に橋田駅の近くの、遥香さんが好きなスペインバルに2人で行ったのが最後だ。そこも都市開発地区に指定されており、お店の移転を余儀なくされている。少し離れた場所に移転してしまうらしいので最後に行こう、と誘ってもらったのだ。

「たまにはさ、こうやってご飯行くのもいいでしょ？」

　遥香さんはメニューを開いて、「なに飲む？」と聞いた。わたしはジャスミン茶で、と言った。

「わ、白子ポン酢あるじゃん！　そんな季節かー」

「白子、食べたことありません。美味しいですか？」

「え、ないの⁉　美味しいよ。でもちょっとクセはあるかも。濃厚な感じで、一口噛《か》むとぷにゅって中身の出る感じ。苦手な人は苦手かも」

「珍味とかはあまり食べないですね」

「はは、珍味なのかな？　ちなみに白子って、何か知ってる？」

「えっと……内臓系、ですかね？」

「正解は、精巣です」

　それを聞いたわたしは、白子を絶対に一生食べないと心に誓った。

　遥香さんが慣れた素振りですみませーん、と店員さんを呼ぶ。遥香さんは〝外食慣れ〟をしているので、メニュー選びもとても上手《うま》い。遥香さんと出会わなかったら食べてなかったものがたくさんあるし、そのどれもが食べて良かった、と思えるものだった。

遥香さんはいつも通り、ちょうどいい量を頼んだ。かしこまりました、と店員さんが去る。

「さて。たまにの外食だから気にせず食べよう。お金も、体型も」

わたしはその二つとも、あまり気にしたことがないのだが、その発言が遥香さんらしくて思わず笑ってしまう。

「遥香さんは毎月、お金がないって言ってるイメージです」

「そうなの。イメージじゃなくて、本当にないんだよ。不思議だよ」

「めちゃくちゃ散財タイプでもなさそうなんですけどね」

「そうなんだよ。別にハイブランド好きってわけでもないのに、なんでなんだろ」

「でも、大盤振る舞いタイプではありますよね」

「そうだね。ケチにはなりたくないからね。お金はないけどケチじゃない、ところがわたしのいいところだから！」

「ケチって思ったことないですよ。あの家の、みなさんそうですけど」

「そりゃあね。だって破格の家賃で住まわせてもらってるからね。なのにケチなとこ柚子に見られてたら終わりだよ」

「……すみません。引っ越し資金とか、大変ですよね」

めだか荘からの撤退の日は迫っている。わたしが勇気を出して父と話せたとしても、おそらく現状は変わらない。あの家の終わりは確実に近づいているのだ。

「あっ、いや、柚子に謝らせたいわけじゃなくて！……うん。でも今日の本題ではあるか。もっと楽しく食事をしてから話したかったんだけど」

遥香さんが真面目な表情になる。と同時にお待たせしました、と飲み物が届いた。遥香さんはすぐに店員さんから愛想よく飲み物を受け取る。遥香さんの真面目な顔は一瞬だけの幻みたいになった。

「とりあえず、乾杯」

遥香さんの手には、ポスターに描かれるような黄金比の綺麗な生ビール。白い泡のキメの細かさが美しい。

わたしは両手でジャスミン茶を持ち、そっとジョッキに触れる程度の乾杯をした。

「うま〜っ！　月曜から飲むビールは背徳感があって最高だね」

わたしはお酒は飲めないが、思わず飲んでみたくなるくらい遥香さんは美味しそうにビールを飲んだ。

「先日はすみません。家族のことにみなさんを巻き込んでしまって」

「全然だよ。全然巻き込まれてない。でも、まあ柚子は気付いてたと思うけど、話はちょっと聞いちゃった。ゴメンね」

「全然です」

むしろ廊下で聞き耳を立ててくれていた野次馬の2人には感謝をしている。1人では到底抱えきれない話だったし、それに簡単に人に説明できるような話でもない。あの空気感を共有できる相手がいることはわたしにとって救いだった。

「むしろ聞いててもらえて、なんだか嬉しいというか、安心したというか……なんて言うのでしょう。とにかく、1人じゃないと思えたので」

「そっか……そうかあ」

お待たせしました、とテーブルの上に細く切られたいぶりがっこと、同じ大きさに切られたクリームチーズが交互に乗っているおつまみが届く。遥香さんの好物だ。いぶりがっこは秋田の郷土料理で、遥香さんとご飯に行くことがなければ食べる機会はなかったと思うし、この燻製《くんせい》されたような風味の漬物が、クリームチーズと大変合うという奇跡を知らないまま、生涯を終えてしまうところだった。

「なんかさ、本当に柚子は、変わった」

「え？」

届いたいぶりがっことクリームチーズを見つめながら遥香さんが言う。

「わたしが出会った頃の柚子は、1人で生きてます、って感じだったの。1人で生きてますし、これからも1人で生きます、って書いてあった、顔に。ほら、柚子がレンタルビデオ屋さんで働いてたときね」

わたしと遥香さんの出会いはレンタルビデオ屋さんだ。今でこそ映像系のサブスクが発達し、レンタルビデオ屋は虫の息だが、私たちが出会ったころは、映画好きな若者にとって天国のような場所だった。遥香さんは見た目に似合わず……と言ったら失礼な気もするが、派手な見た目とは裏腹に、映画が好きな一面があった。わたしは小さい頃から映画が好きだったので、好きが高じてレンタルビデオ屋でバイトをしていた。そのとき客として来ていたのが遥香さんだった。遥香さんの借りる作品が、いつもわたしのツボをついていて、とても気になっていたのだが、人見知りのわたしは当然話しかけたりすることもなく（仕事中なので当然といえば当然）、そのまま店員と客、としての関係が1年くらい続いた。その関係を終わらせたのは遥香さんだった。『映画好きなの？　いつもいるよね。わたしが岩井俊二を借りると、少し右の眉《まゆ》が動くの。もしかして好き？』

そこから今は一緒の家に住んでるんだから、人生何があるかわからないものだ。

「でも今は、少しだけど、わたしたちを頼ってくれてる部分があるんじゃないかなあって。家族の話もそう。前の柚子だったら、そんな複雑な話、わたしたちを巻き込みたがらなかった気がするんだよね」

確かに、そうだ。こんな個人の問題に、気づかないうちに周りを巻き込むなんて。前までの自分だったら考えられないことである。本来のわたしは、何を言われても「大丈夫です」と返す人間だったはず。「気にしないでください」「なんでもないです」「ほっておいてください」……。

「柚子がお父さんと向き合いますって言ったとき、なんか感動しちゃったんだよね。子供の成長を見ているような気持ち？　本当にこの2年で、柚子はどんどん前向きになった気がする。それを自分たちのおかげ、って言うのはおこがましいけど、ルームシェアして良かったなあ、って思うんだよね。最初は性格も年齢もバラバラで、なんなら知らない人もいるような共同生活大丈夫かな、って思ったんだけど、柚子のおかげで大丈夫だったよ。柚子がいてくれたからバランスが取れた。でも柚子にとってはどうだったかな？　て思ったときに、わたしは柚子自身もいい方に変わっていった気がするからよかったーって安心してるの。あ、わたしの思い違いだったらゴメン」

遥香さんは喋り終わってようやくいぶりがっことクリームチーズを口に運んだ。

「うん、うまっ」

わたしは、良い方に成長できているのだろうか。箸でいぶりがっことクリームチーズを器用に1切れずつつまみ、口に運んだ。燻製の香りと、独特な食感と、チーズの濃厚さが口の中に広がる。

「だからね、無理しなくていいよ。お父さんと話さなくてもいいよ。もう柚子は成長できてるから」

遥香さんが言い終わると同時くらいに、〆さばときゅうりのマリネが届いた。

「ありがとうございます。父にも、もう新しい家族がいますし。邪魔しちゃダメですよね」

「そういうことではないよ。それとこれとは、また違う話だよ」

「一応、あんなでも父だけが家族だったのに、父に他に家族がいるって。……これで本当に、家族がいなくなったみたいです」

「何言ってんの。うちらも家族みたいなもんじゃん」

遥香さんは時々、思い切ったことを言う。わたしの目は、まんまるに開かれていることだろう。

「血の繋がりなんて、ただの呪いだよ。血の繋がりだけが家族じゃない」

その言葉に、わたしの喉《のど》がグッと鳴る。ほぼ同時に鼻がツンとして、何かが込み上げてくる。それがなにかはすぐにわかったけど、自分の目頭を襲う感覚があまりにも久しぶりだったので驚いた。慌てて眉間《みけん》に力を入れたが、抵抗虚《むな》しく涙が左目から流れた。

そうか。わたしは、悲しかったんだ。自分が一人ぼっちになったような気がして、それは〝気〟ではなく限りなく確証に近いもので。恨んでいるとはいえ、嫌いだとはいえ、唯一の家族である父に新しい家族がいることを知って、ついに一人になったのだと。わたしが得られなかった幸せな家族像を、父が自分の知らないところで叶《かな》えている――それがとてつもなく、悲しかったんだ。

自覚した途端、さらに涙は右から左からとめどなく流れた。

「ごめんなさっ……困らせてますね」

急に泣かれたら遥香さんも驚くだろう。ましてこんな飲食店で。わたしは申し訳なく思ったが、涙は止まらない。あとからあとから流れる。何年も機能してくれていたストッパーのリミッターが外れたのだ、しょうがない。わたしは何年ぶんかわからないほどの涙を流した。声を上げるのは我慢した。そこは大人としての義務だ。

「お待たせしました、銀鱈《ぎんだら》の西京焼きです」

わたしが涙を流していることに気付きながらも、相変わらず店員さんは冷静な笑顔で食べ物を置いてくれた。接客態度が100点である。銀鱈は橋田の商店街の惣菜《そうざい》屋さんで見るものよりも1・5倍ほど立派だった。

「食べていい？」

「はい、もちろんです、すみません」

ずっと涙を流すわたしを、遥香さんは慰めるでももちろん責めるわけでもなく見守ってくれた。見守った挙句に、静かに箸を伸ばし銀鱈をつついた。

「美味しそう、立派な銀鱈だね。食べよう？」

「……はい」

「ご飯を食べながら泣いたことのある人は生きていけるみたいだよ。知ってた？」

どこかで聞いたことのあるようなセリフが、柔らかくわたしを包み込む。

「良かったね、柚子」

涙はまだ止まってはいないが、わたしも箸を伸ばして銀鱈をつついた。こういうとき、料理は涙でしょっぱく感じるのかと思ったけど、西京焼きは少し甘くて、美味しかった。

「泣いてくれてありがとう。感謝するのも変だけど、ありがとうね」

「いや、お礼を言うのはこっちです。お恥ずかしい。人前で泣くなんて何年ぶりだろう。人前じゃなくても、泣かないんですけど」

「映画とか観て泣いたりしないの？　柚子は映画が好きじゃん。舞台も」

「心は動きますが泣きはしませんね。自分のことで心が動いたのは本当に久しぶりです。いいことでじゃないけど」

「涙を流すのは悪いことじゃないよ。どんな理由でも心が動くことは大事。デトックスだよデトックス」

思い切り涙を流したからか、わたしはスッキリしていた。1度リセットされたような、そんな気分。

「自分でも驚きました。父のこと、なんだかんだ言っても家族だと思ってるところがあったんですね」

「まあ、血の繋がりが全てじゃないと言ったけど、血の繋がりもつながりの一種だからね」

「あんな人、家族じゃないと思っていたのに。母を追い出した人」

「……ずっと聞けなかったんだけどさ、柚子のお母さんは、どんな人だったの?」

その言葉に、わたしの動きが止まる。それを見た遥香さんはすかさず言葉をつなぐ。

「いや、無理に聞きたいわけじゃないんだ、ごめん」

「ずっと泣いていました」

「……うん」

「父が、仕事ばっかりで、母は、ずっと泣いていました」

わたしは記憶力がいい方ではないから、正直、母のことはあまり鮮明には覚えていない。

ただ記憶の中での母は、ずっと泣いていた。笑ったところを見た覚えがない。いつも塞《ふさ》ぎ込んで、悲しそうにしていた、気がする。わたしはそれが父のせいだと、確証はないながらも漠然と思っていた。

「これ」

わたしは着ているシャツの袖を捲《まく》り、ひじのところにある古傷を見せる。わたしが夏でも長袖を着る理由の一つだ。

「正直覚えてないんですけど、多分これ父につけられた傷です。でも、虐待されてたわけではないんです、多分。傷跡って、別にこれくらいで、他に全くないし、叩《たた》かれたような記憶も、ないですし」

そのときのことがフラッシュバックしたこともなければ、トラウマになっているわけでもない。ただ物心ついたときから、ずっとここに刻まれている。傷跡はだいぶ薄くなったが大人になった今でも消えることはない。

「これのせいで男性が怖い、とかそういうわけでもないんです。でも、これが理由で両親は本当に離れ離れになったような気がしていて。なぜ父に引き取られたのかわからないんですけど、母は完全にまいってしまっておかしくなっちゃったみたいで。それから会ってません」

「……そっか」

わたしは袖を戻す。誰かに傷を見せたのは初めてだ。

「そんな人なのに、そんな父なのに、わたしは家族だと思っているんですね。子供って、そんなもんなんですかね」

「……わたしは、頭も良くないし、普通の家族に生まれちゃってるから、わかんないんだけど」

遥香さんは困ったような顔をするでもなく、いたって普通の顔のまま、だけど穏やかな表情で言った。

「柚子は、優しいね」


それから、いつもと変わらぬ時間が流れて、あっという間に翌週の水曜になった。本社でのミーティングにわたしと中井さんで出向く日だ。遥香さんとご飯に行った日に、ダムの放水のように涙を流したからか、妙にすっきりとしてしまい、父のことが急に気にならなくなった。今まで誰にも話すことのなかった母のことも、口に出してしまうと大したことではないように思えた。それは、なぜか。わたしには新しい家族がいるということがわかったからかもしれない。それはとても心強く、育っていく植物を支えるための支柱が立ったみたいに、心が安定した。

それでも、いざ本社に行くとなると流石に心臓の鼓動が速くなった。大社長である父はそこにはいないだろうが、妙な緊張感は確かにある。

「寒いね、今日」

本社のある西麻布《にしあざぶ》に降り立った瞬間から、吹きつける風は氷のように冷たかった。もう完全に冬だね、と中井さんは続ける。

中井さんとは殆《ほとん》ど話したことはなかったが、コミュニケーション能力の高い中井さんにとってわたしのような地味な社員と何気ない世間話をすることは容易《たやす》いようだ。相槌《あいづち》だけを打ちながら、本社に向かう。

「ミーティング、初めてなんだよね？」

「はい」

「緊張してる？」

「まあ」

「でもそんなに発言するような機会はないから安心して。話聞いてれば終わるからさ」

「はい」

「いつもなんのために行くのかわかんないんだよな。まあ仕事なんて大半そんなもんか」

「そうですね」

「やりがいのある仕事なんて、たくさんある案件の中のせいぜい3％だよな。でもそれに出会えたらまあラッキーか」

「出会いましたか？　中井さんは。やりがいのある案件に」

「そうだねー。1年に1つ2つはあるかな。それをやるために他の仕事も流れていってるんだろうなー」

　他愛のない話をしていたら、立派なビルが目の前に現れる。スタイリッシュなビルは麻布という地にふさわしい。このビルをたった親子2代で築きあげたのが自分の父だと思うと、いつも不思議な感情になる。誇らしく思いたいのだが、家族の犠牲の上に成り立っていると思うと、どうしても素直に喜べない。自分の墓標のようにも思えてしまうのだった。

　社員証をタッチし中に入る。本社に来るのも久しぶりだ。相変わらず管理が行き届いていて、築年数を少しばかり重ねても建ったばかりの頃と概《おおむ》ね変わらない。受付には綺麗なお姉さんが常駐していて、通り過ぎるわたしたちに微笑みかけてくれた。

　エレベーターでミーティングが行われる本会議室へ向かう。かなりの社員が参加するため、このビルの中でも1、2番目に大きな会議室だ。大学の教室のような造りの部屋で、ホワイトボードの代わりに大きなスクリーンがある。そこに様々な資料が映し出されるのだ。話をするときはマイクを使わなければいけない。それくらい大きな会議室だった。

　わたしたちの子会社はそれほど重要視されていないので、席も端の方だ。決められているわけではないのだが、大体いつもこの辺りに陣取るらしい。ミーティング慣れしている中井さんがスマートにアテンドしてくれた。先ほど話していた通り、ただ黙って話を聞いていればミーティングは終わりそうだった。

「こういう意味のない時間にもお金が発生していると思うと、働くってのは不思議なもんだね」

席に着くや否や、中井さんは言った。

その後はぞろぞろと社員たちが会議室に集まってきた。ここにいる全員が父の元で働いているのだ。父なしでは生まれなかった雇用。父なしでは生きていけない人たち。自分もまた、その1人なのだ。そもそも父がいなかったら、この世に存在していない。

「柚子さん!」

突然後ろから名前を呼ばれ振り向くと、そこには「弟」がいた。

「あ……どうも」

「柚子さん、どうも。また会えて嬉しいです」

彼は相変わらず屈託のない子犬のような顔で笑った。あの日と同じダークグレーのスーツを着ている。一張羅なのだろうか。

「今日は初めてミーティングに参加するんです。すごいですね、ここ。めっちゃ大きい」

彼は瞳をキラキラさせながら会議室を見渡した。まるでプラネタリウムに来ている子供みたいだ。彼にとって目に映る全てのものが新鮮なのだろう。エネルギッシュなフレッシュさにくらくらした。

「わたしも初めてですよ」

「え、初めてなんすか!? 一緒だ」

この歳で彼と同様初めてなのは実は恥じることなのだが、自分と一緒なのが嬉しいようだ。

「あ、これ席自由なんすよね。せっかくだから前の方行こう。じゃあ、また」

彼は爽やかに手を上げ、階段を降り前方のスクリーン近くの席に向かった。彼が去ったあと中井さんが「だれ？」とこっそり聞いてきたが、うまい言葉がなにも思いつかなかったため「知り合いです」とだけ答えた。

　時間になりミーティングが始まる。本日の議題は来年度の予算分配についてだった。自分たちの会社に関係があるようなないような話が続き、羊たちが柵《さく》の向こうから数えて欲しそうにこちらを見つめてきた頃――前方のスクリーン横の扉が突然ガラっと開き、社長、すなわち父が会議室に入ってきた。

　それまで緩んでいた会議室に一気に緊張が走る。普段ミーティングに顔を出さない社長のお出ましに、全員の背筋が伸びるのがわかった。

「すまん、続けて」

　一つ、不自然に空いていた席に父が腰掛ける。なるほど、社長の席だったのか。その席はわたしたちと向き合う形に配置されている。そのため父の顔がはっきりと見えた。

　スクリーンの前でマイク片手に話していた社員の声に、明らかにさっきとは違う張りが生まれた。さすが大企業の社長だ。オーラで人に緊張感を与えられる。父が仕事をしているところは昔にも見たことがあったはずなのだが、年々貫禄は増しているようで、そのときよりも父が大きく見えた。

　父は急に現れたが、特に何か発言するわけでもなく、本当に聞いているのか聞いていないのかよくわからない顔でずっと資料を見ていた。手元にはおそらくスクリーンに映されているものと同じ資料が置いてあるのだろう。とりあえず顔を出しました、といった感じで終始そこにいた。たまに会議室を見渡したが、わたしに気づいたかどうかはわからなかった。

時間通りにミーティングが終わり、ぞろぞろと社員たちが席を外し始める。わたしも配られた資料をトントン、とまとめクリアファイルに仕舞う。中井さんは開いていたノートパソコンで今日のミーティング内容をわかりやすくまとめたものをもう既に会社に送っているようだった。仕事が早い。

父、もとい社長はミーティングが終わるや否や、席を立ち誰よりも早く会議室を出た。特に何の発言もなかった。わたしは自分の片付けを終えて中井さんの動きを待ちながら、〝弟〟翔大くんに視線をやる。彼もまた中井さんのようにノートパソコンを開き熱心にキーボードをカタカタと打っていた。そうか、もしや自分の息子がミーティング初参加だから顔を出したのか？　とわたしは点と点が線になったような気持ちになった。

「お待たせ」

と中井さんがパソコンをカバンに仕舞い、声をかける。全然です、と答え2人で出口の扉に向かう。

初めてのミーティングは、父親である社長が突然現れるというイベントがあったものの、何事もなく、無事に終わった——かのように思えた。

わたしたちの向かっている出口の扉がバッと開き、父が顔を出した。その扉に向かっていたわたしと中井さんは、当然父と真正面から対面した。

会議中は合わなかった視線が、しっかりと交わる。世界が少しだけドラマチックにスローモーションになる。

「柚子、ちょっといいか」

久しぶりに自分の名前を呼ぶ父の声を聞いた。中井さんが戸惑いながらわたしと父を交互に見ているのを視界の端に感じる。本当に親子なんだな、という感心が中井さんから伝わってきた。

「翔大、お前も」

わたしが返事をする前に、父は「弟」にも声をかける。

家族の初めてのスリーショットが、実現した瞬間だった。

社長室に入るのは3回目だ。と言っても1回目はあまりに子供の頃でよく覚えていない。2回目はめだか荘を父に紹介してもらったときだ。この物件を持て余しているのだがここに住まないか？　久しぶりに父と交わしたコミュニケーションだった。しかし今思うと、そのときから橋田駅の再開発は決まっていて、だからこそ、売りにも出せず、困っていたのかもしれない。

わたしと「弟」は、小学校の校長室にあるようなゆったりとした革のソファに案内された。

ブラックのそれは、社長室にふさわしい威厳がある。初めてここに来たであろう「弟」は、わかりやすくソワソワしていた。

こんな形で、新旧の家族が揃うとは。わたしは、自分の人生にドラマなど起きないと思っていた。だが今は、この狭い部屋に母親の違う子供が2人。完全にドラマでしか見ないようなシチュエーションだ。

父はわたしたちをソファに座らせたあと、どこかに行ってしまった。秘書が湯呑《ゆの》みに温かいお茶を入れて運んできてくれた。最近変わったのだろうか、初めて見る人だった。とても若い女性だ。

「ぼくの母は、お父さんの秘書でした。優秀な秘書だったと、自分で言ってますよ」

湯呑みを両の手で包みながら彼は言った。

……そうだったのか。じゃあ下手したら会ったことがある人なのかもしれない。母も知っていた人かもしれない。今更なにを言われても驚かないが、初めて知る事実には少し心が震えた。複雑な思いをグッと堪《こら》え、わたしも湯呑みを持つ。カイロほどの温かさで、ホッとする。今はそれがとてもありがたかった。体の芯から湧き上がる複雑な思いを、その緑茶ごと飲み込んだ。

「弟」はそれ以降なにも話すことなく、沈黙が部屋を覆った。

父は一体なんのためにわたしたちを集めたのだろう。

「待たせた」

父が社長室に戻ってきた。わたしたちは2人同時に背筋が伸びる。反射的に。これが父の社長たる所以《ゆえん》だ。自然と人に威圧感を与える。そこが得意ではなかった。

横並びになっているわたしたちの正面に、父が座る。以前より、体型にも威厳が出てきている気がする。

「今日はどうだった、ミーティング」

まるで学校の先生に呼び出されているような緊張感だ。少しでも間違ったことを言ったらそれが命取りになるような感覚。わたしは父の望んでいる答えを言える気がしないので押し黙る。

「初めて参加したんですけど、すごい刺激的でした！　あんな広い場所でやってるんですね、それも知らなかったし。まあ言ってることはほとんどわかんなかったんですけど、これからが楽しみです」

「弟」はなんの躊躇《ためら》いもなく、今日の感想をスラスラと話した。敬語ではあるものの、そのフランクさは本当に家族を思わせる。父に心を許していることが、わたしでもわかった。こちらの緊張感など他所《よそ》に、彼は勢いそのままに話す。もしここで間違った答えを言ったとしても、すみません間違えました！　と速攻謝罪ができるタイプなのだろう。そして、それが許される。彼の生き方が心底羨《うらや》ましく、眩《まぶ》しい。

「期待してるよ。……柚子は」

わたしに話が振られる。わたしの伸びた背筋がさらに伸びる。まるで父親に、今日学校であったことを聞かれているみたいだった。２人の姉弟に、学校であった話を聞く。当たり前のような家族のやりとりが、20年越しに行われている。

「……わたしも初めてだったのですが……」

そこまで話して、言葉に詰まる。そこで気づく。今日のミーティングに、特になんの感想も抱かなかったことを。

膝の上に置いた拳《こぶし》をぎゅっと握る。やはりわたしには、父の望んだ答えを言うことができない。

「うん、そうか」

父はわたしの返事を待たずして続けた。歩みの鈍い者を待ってはくれない、大企業の社長の顔だ。身内に対してもそれは変わらないのか。

つくづくわたしは父と似ていない。本当に親子なのかと疑うくらいに。それに比べ、「弟」には父を感じる。言動や、姿勢、そして顔のつくりまでも。本当に親子なのだろうな、と。自分が父親と似ても似つかないことを、初めて悔しいと思った。

そもそもこのスリーショットはなんなのか。よく考えてみたら、未だに父から直接の「弟」の説明はない。順番が違うのではないか。お腹の奥底から、静かに怒りがふつふつと湧いてきた。

「翔大はしばらくミーティングに参加することはないと思うが、シンガポールから帰ってきたときには壇上で説明できるくらいになってるだろうね」

「それは……緊張しますね」

「なに、すぐに慣れるよ。人前に立つことって、麻痺《まひ》してくるから」

「ぼくそういうの苦手なんですよ、昔から」

「私も苦手だったよ、子供の頃はね」

自然と続く親子の会話。当たり前か、これが普通だ。わたしは1人、取り残されたような気分になり、泣きそうになる。喉の奥が熱くなってきたので、慌ててぬるい緑茶を飲んで誤魔化した。

「このあと、ミーティングがあるから」

チラ、と時計を見て、父が立ちあがろうとする。分刻みのスケジュールを送っているらしい。

「あっ、ありがとうございました！　今日は、勉強になりました！」

慌てて「弟」が立ち上がる。反射神経までいい。わたしも続けて立ちあがろうとした……が、ふと思う。本当にこれでいいのだろうか？

ふと、橋田駅の公園で出会ったおばあちゃんの言葉を思い出す。「思っているだけでは相手に伝わらない」。わたしの思いを父が汲《く》んでくれることはきっとない。これまでも、この先も。だったら口に出さないといけないんじゃないだろうか？　声を挙げないといけないんじゃないだろうか？　だってわたしは変わりたい、と思ったんだから。

「あの……待ってください」

わたしはソファに座ったままの姿勢で声を出す。自分の性格的にもっと声が裏返ったりしてしまうかと思ったが、声はしっかりと意志を持って発声された。

「どうした？」

父と「弟」が不思議そうに見つめていた……気がする。わたしは視線を上げられずにいた。強い意志で言葉こそ発したものの、2人がどんな顔をするのか、怖くて直視できそうになかった。わたしは視線を落としたまま立ち上がる。

「この状況は、なんですか？」

「え？」

「この、3人でいる状況」

どう伝えたら一番効率よく、ダイレクトに伝わるか……話を順番に組み立てられるほど器用ではない。まして冷静ではない。故にわたしは、頭の中に言葉のストックがないまま話し始める。

「おかしいですよ……わたしまだ、この人のことを説明されてないです。あなたから」

空気が張り詰めるのがわかる。失礼な言い方をしていることもわかる。自分が自分じゃないみたいだ。

「新しい家族ができたことも、知らなかったですよ。別にいいですけど、わたしたちみたいになるんじゃないですか？　また同じ失敗を繰り返す可能性を考えなかったんですか？　苦しい思いをするのはわたしたちだけで充分です。あなただって……」

鼻の奥がツン、とする。この前出し切ったと思っていた涙が、まだわたしの身体には残っていたようだ。指を指しながら「弟」を見る。彼はなんとも言えない表情をしていた。驚いているような、困惑しているような。

「なんでそんな簡単に認められるんですか。一度はあなたの母を裏切った人なんじゃないんですか？　そんな……そんな簡単に新しい家族を受け入れられるんですか」

多分わたしは泣いている。涙のストッパーが仕事をしていないことはわかる。だけど実際に涙が頬を伝っているのかわからないくらいに、興奮していた。

「この人は、わたしと母を裏切りました。母を殺したようなものです。わたしは母にはもう会えていません。それに、この人はわたしに手を挙げたこともあります！　そんな人なんですよ！」

「弟」が今度は明確に、驚いた顔をする。

「そんな人にニコニコついて行く必要はないです。あなたの勝手ですけど。わたしはもううんざりです。これっきりにしてください。あなたのことは、もう父親とは思いません。さようなら」

わたしと父親の物語は一番最悪な形でエンディングを迎えた。わたしは、溢れ出る言葉をオブラートに包むことなく、父と「弟」にぶつけるだけぶつけて、2人の顔や反応を一瞥《いちべつ》もすることなくそのまま社長室を飛び出した。とは言っても、学園ドラマのような青春走りで飛び出したわけではない。真っ当な社会人らしく早足で部屋を出た。ただ一つおかしかったのは、ボロボロに涙を流しているという点だけだ。普段怒ったりすることのない人間が声を張り上げると、どうしても涙が出てきてしまう。怒り慣れていない、主張し慣れていないためだ。

本来だったらミーティング終わりで、中井さんと共に会社に戻るところをわたしが父に呼ばれたこともあり、中井さんは先に会社に帰っていた。そのためわたしは泣き顔を誰にも見られることなく、落ち着いてから会社に戻った。

もしもこれがドラマだったら、そのまま街に繰り出すなり公園で1人ブランコに揺られるなりしていたのだろうけど、わたしにそこまでの勇気はなかった。つくづく弱い人間である。戻りが遅かったわたしに、今日もグレーのスーツに一束結びの田上さんが「遅かったね」とだけ声をかけた。

自分の業務だけを手早く終わらせ、退勤時間ピッタリに会社を出る。側から見たらいつも通りの「生島柚子」だっただろう。

いつもの風景を見ながら電車に乗り橋田を目指す。早くあの家に帰りたかった。自分にとっての家族が住む家に。

「ただいまです……」

いつも自分の帰りが一番早いため、誰からもおかえり、の返事はないだろうと思いながらも、いつもただいまと言ってしまう。今日も返事はないだろう、と思ったが暗闇のリビングから「おかえりー」の返事が来た。

「柚子今日早かったねー、いつもこんなもんか？　わたしも今帰って来たところなんだよ、真っ暗で驚かせてゴメンよ」

暗闇から顔を出したのは那智さんだった。一束に髪を結んでいるが、田上さんの一束結びとは全然ものが違った。

わたしは那智さんの顔を見た瞬間、安堵でまたまた涙が出てきてしまった。

「え？　え⁉　柚子⁉　どうした？　どこか痛いところでもあるか？」

最近は驚くことばかりだ。泣いても泣いても涙は涸れないし、泣くことに飽きもしない。ここまで我慢し、蓋《ふた》をしてきた人生の感性が一気に揺り動かされ、溢れ返っている。

「……ごめんなさい、那智さん、すみません」

「大丈夫？　落ち着け～、ヨシヨシ」

玄関でまだ靴も脱いでないわたしの元にかけ寄り、片手で抱きしめ、頭を撫《な》でてくれる。玄関は1段下がっているので、元々わたしより背の高い那智さんはさらに頭2つ分くらい高く見える。スレンダーな体型だけど、母のような包容力だ。まだ那智さんからは冬の匂いがする。もしかしたらわたしから匂っているのかもしれないけど。

「いろいろなことがあるね、人生は」

この前「弟」が訪ねて来たとき、リビングの廊下で盗み聞きをしていたのでおおよそのことは把握しているのだろう。那智さんの声色は優しい。

「特に柚子は大変なときだね」

「……いえ、那智さんだって、いま大変なのに、すみません」

詳しいことはわからないが、ネットリーダスのドラマの撮影はほんの数日前に始まったようだ。ちょっと前から那智さんは部屋から出てこない時間がかなり多くなり、お風呂《ふろ》の時間くらいしか見かけなくなった。クランクイン前で少しピリピリしていたらしい。2階に部屋がある遥香さんや楓さんには、時折台詞《せりふ》も聞こえてきていたようだから間違いない。そんな繊細な時期に、申し訳ないことをしてしまっている。

「全然だよ、わたしは。明日は休みだし気にしないで」

「……はい」

「とりあえず、靴脱ごうか？　寒いし、あったかい紅茶でも飲もう」

言われた通り靴を脱ぎ、揃え、リビングへ向かう。めだか荘の冬は寒い。底冷えする。リビングもまだかなり冷えた状態だ。

上でお餅《もち》が焼けるタイプの古いストーブに火を付ける。このストーブは元々この家に置かれていた。時代を逆行しているようでみんな気に入っている。ボッ、という音がして火がつき、ストーブの周りはたちまち暖かくなった。

わたしはソファに座る。まだまだ寒いのでマフラーは取らない。那智さんはせっせとやかんに水を入れ、ストーブの上に置いた。５分もすれば沸騰するだろう。その間にティーバッグを用意する。

「楓のだけど、まあいいよね」

おしゃれなパッケージの紅茶が好きな楓さんがストックしている有名なブランドのティーバッグをマグカップに準備する。わたしと那智さんの分。いつも率先して自分でやってしまうから、こういう作業を人にやってもらうことがあまりないのでなんだかむず痒い。

お湯が沸くまでの間、わたしたちに会話はなかった。だけど気まずさはなく、この空間がただただ居心地が良かった。わたしの涙もすっかり引っ込み、さっきまで泣いていたのが嘘のように瞳は乾いていた。

お湯が注がれ、踊るティーバッグを眺めながら、那智さんが口を開く。

「無理して話すことはないけどさ、聞くことぐらいはできるからね」

この家で一番年上なのは那智さんだ。そのことを深く実感した。

「突然泣いてごめんなさい。今日、父と縁を切ってきました」

「え⁉」

突然の告白に那智さんは驚く。わたしはざっくりとだが今日あったことを説明した。

「そうかー。それは、濃厚な一日だったね。お疲れさま」

「はい、お疲れさまです」

「でも、本当にお父さんと話してくれたんだね」

「……そうですね。結果的にはそうなりました」

「ありがとう、柚子」

え？　とわたしは顔をあげる。感謝されるとは思わなかったからだ。

「どんな形であれ、お父さんと向き合ったじゃん。向き合ってくれたじゃん。あんなにも避けてきたのに。ありがとうね」

本当にこの家に住む人たちはあたたかい。自分のような煮え切らない人と、一緒にいてくれるだけではなく、寄り添ってくれる。

「この家に引っ越してきてよかったね。どんな形であれ、お父さんと向き合うきっかけをくれたのは間違いないよ。あれだね、弟くん？　にはびっくりしたけど。それはさ、わたしがどうこうは言えないけど」

那智さんが紅茶を一口含む。

「あ、ちょっと苦くなった。柚子はやくバッグ出した方がいいわ」

茶葉から苦味まで出る時間になってしまっていた。申し訳ない、と思いながらバッグを取り出す。

「わたしもめだか荘に来てよかったなー。色々見つめ直せたよ。人生、いい方に変わってきてる気がする。この家パワースポットかもしんない。あのとき思い切って連絡してよかったー。運命だったんだな」

那智さんはめだか荘に住むことを決めた最後の1人だ。偶然出会ったわたしたちが今日まで共に生活をしてきている。人生にはいろいろな出会いがあるものだ。

「那智さん、怖くなかったんですか？　知らない人と住むって」

「んー、あんまり抵抗なかったかな。お金ないときから、あ、今もあんまりないけど、若いときは役者仲間とルームシェアしてたし。人と住むの平気なのかも。あのアプリも先輩から勧めてもらったものだったから信用してたしね」

「次の家、決まりました？」

「うーん、まだ探し中。それこそまた違う先輩のとこに転がり込むかも」

那智さんはパワフルだ。人の心配をしているが自分もそろそろ次の住処《すみか》を考えなければいけない。父との縁が切れたことで、完全にこの家の存続の可能性は絶たれただろう。

「とにかくお疲れさま。今日は疲れただろうからゆっくり休んで。お風呂ためる？」

「あ、ありがとうございます」

今日は那智さんの言葉に甘えることにしよう。確かに、ここ最近の怒濤《どとう》の日々で心だけでなく身体もかなり疲れた。ゆっくり寝て、今日のことは忘れるのがいいかもしれない。元々父とは関わらない人生設計だったわけだから、縁を切ったからといって何かが大きく変わるわけでもない。もう一度、然《しか》るべき日常に戻ろう。

ピンポーン。

那智さんがお風呂を洗いに行ってくれたとき、我が家のチャイムが鳴った。「弟」が訪れたとき以来に。

玄関をガラっと開けると、昼に会ったときとなんら変わらないスーツ姿で、父が立っていた。この古民家の日本らしい玄関の画の中で、父の威圧感は浮いていた。

実に5時間後の再会だった。

「突然押しかけてすまん。ちょっといいか？」

わたしはなんて言っていいかわからなかったので、父を玄関に置き去りにして無言でリビングに戻った。今の自分にとっての家族であるこの家に父を入れる気になれなかった。何か話すなら外で、と思った。風呂から戻った那智さんに「父がきました」と伝え、リビングを後にした。コートを羽織り再度玄関を開けたところで、那智さんに先にお風呂に入っておいてと伝えればよかったと後悔した。

わたしの後を、父も無言でついてくる。数メートルほど家から離れたところでくるりと父の方を振り返ると、父は「歩きながら話そう」と言った。

わたしたちの足は自然と橋田駅の方に向かっていた。春になると桜で埋め尽くされる並木道も、今は大きな幹だけが乾いて並ぶ。春にはもう橋田を離れている予定だが、桜の季節にはピンクに染まるこの桜並木をまた観にこよう、と思った。

しばらく無言で歩いていたが、父が先に口を開いた。

「昼間はすまなかった」

どちらかというと、謝るべきは自分のような気もするが、父の謝罪は昼間の件に対してというよりはもっと別のものに対して謝っている気がした。わたしの方こそごめんなさい、という気にはなれなかった。

「翔大も反省してたよ。軽率に母親の話をしてしまって悪かったと」

わたしは視線を下げる。仕事の日も、休みの日も履いている黒のパンプスと目が合う。

「それに、私が間違っていたね。私の方から翔大のことは説明するべきだった。本当にすまない」

父が立ち止まり頭を下げた。頭を下げている父の姿を見るのは初めてだった。

「母さんのことも、ろくに説明をせずに本当にすまなかった。自分が間違っていた。もっと柚子と、向き合うべきだった」

ここでの「母さん」はわたしの母のことを指すのだろう。確かに、母はある日、消えた。その辺の記憶が曖昧《あいまい》で確かではないのだが、突然家を出ていったはずだ。わたしはそのとき、姿を消した母よりもその原因を作った父に腹を立てていた。2人はよく喧嘩《けんか》をしていたし、母親が日に日に衰弱していく様子はずっと隣で見てきた。だからこそ、父が原因なのだ、とあのときのわたしは思ったのである。

「今更遅いかもしれないけど、全部話してもいいか？」

確かに遅い、遅すぎる、と思ったがわたしはゆっくりと頷《うなず》いた。

「母さんが消えた日。覚えてるか？　消えた日というよりは、その前日だ。母さんは……柚子に手を出したんだ」

え？　とわたしは驚く。その前日のことは全くと言っていいほど覚えていない。

「元々精神的に少し弱いところがあった柚子の母さんは、結婚してお前を産んでからますます不安定になっていった。そんな中でも、一生懸命お前を育ててくれたことは感謝しているが、どんどん塞ぎ込む日が増えていった。私は私で、成長していく生島の会社の足を止めるわけにはいかないと必死だった。そのせいで子育てにあまり貢献できなかったことは本当に反省している。それが原因で、母さんとよくぶつかったよ。ときには口喧嘩から発展してものを投げてくるようなこともあった。ヒステリーを起こすと母さんは少し暴力的になる人だった。だけどさすが母親だ、我が子に手を出すようなことはなかった。あの日までは」

父は懐かしむような顔をしながら話し続ける。小さい子供を見るときのような眼差《まなざ》しを、時折宿しながら。その瞳の先は、間違いなく幼少期のわたしだ。この眼差しを向けられてた時代が、わたしにもあったのか。

「どんどん大きくなる会社に私もプレッシャーを感じていて、日々一杯一杯だったよ。家に帰って落ち着く余裕などないくらいに。そんな中でも娘は可愛かった。どんどん大きくなっていく娘の成長だけが、わたしの心の支えだった。だけどそのときの私には、家庭と仕事の両立が難しかったんだ。そんなとき、それは起きた。毎日帰りの遅い私に、ついにコップの水が溢れたように母さんが激怒したんだ。飛び交う怒号に、お前は大泣きした。その泣き声にさらにパニックになった母さんが、お前を叩いたんだ」

初めて明かされる真実にわたしは動揺する。確かに2人が喧嘩をしているシーンは、今でも思い出すことができるのだが、母に手を出された記憶は全くなかった。

「その顔は……やっぱり覚えてないんだね」

「はい、全く。でも、傷はあります。腕に。きっとそのときのものなんですね？」

父が頷く。

「叩くだけじゃなく、食器を投げつけたんだ。だから傷が残ってしまったんだね」

父はわたしを施設に預けた。娘を引き離されたショックと、自分が手を出してしまったショックで母は完全に壊れてしまい、田舎へと戻った。そしてそれをきっかけに、2人は離婚した。精神的におかしくなってしまった母親に親権はなく、わたしの苗字《みょうじ》は「生島」のままとなった。

初めて聞く話に、わたしは驚いた。自分の苗字が「生島」で、離別した夫婦には珍しく父親に引き取られているのがなぜか、考えたこともあったが、この答えに辿《たど》り着けなかった。だけど自分の中で合点がいく。傷だけはあるのに、虐待の記憶がないこと。父親を「怖い」とは思っていないこと。なぜか母親を深追いしていないこと。

「じゃあ、わたしを守るために、お父さんはわたしとお母さんを引き離したの……？」

父は目に優しさを宿しながら頷いた。表情は厳しいままだったが、確かにあたたかさがあった。なんだ……言ってくれればよかったのに。わたしは勝手にあなたを敵だと思ってしまった。

っていたのに。ずっと誤解したまま大人になっていたのに。

「もっと……もっと早く言ってくれればよかったのに」

「母さんだけを悪者にしたくなかったんだ。だって原因は俺にもあるから。それに柚子の記憶の中の母親を、手を出すような人にしたくなかったんだ……柚子はその日のことを、あまり覚えてなさそうだったから」

いつの間にか父の一人称が「俺」になっている。社長としてではなく父親として、今わたしの目の前に立っていてくれているんだろう。心を許してくれているんだろう。家族に対しても心を許さない人だと思っていた。許されたことがないような気がしていた。だけどわたしは——愛されていたんだ。

ああ、また。また涙が溢れてきた。本当に、ここ数日間のわたしの涙腺はどうかしている。冬の寒空ですっかり冷えた頬を涙が熱を帯びて伝っていく。まるでずっと凍っていた心を溶かしていくように。

「話すのが遅れて本当に申し訳なかった。翔大のことも、俺から言えずに申し訳ない。翔大の母親は、俺の秘書をやってくれていた女性《ひと》だ。色々と精神的に辛い時期、支えられた。一緒に乗り越えてくれたんだ。だけどあるとき突然姿を消して……再会したのは数年前だ。息子がいることを俺に隠していたんだ。ずっと女手一つで翔大を育ててくれて。俺は責任を取って、籍を入れた。遅いかもしれないが、父親になってあげないと、と思ったんだ。そこで気づいたことが本当にたくさんあるよ。いつだって、俺は足りてない。本当に申し訳ない。

誰も幸せにできなくて」

今度は父の瞳が潤む。こんな表情を見たのは初めてだった。初めて父の肩が小さく見えて、愛おしく思った。家族を想う気持ちというのは、当たり前のように湧き出てくるものなんだ
……理由や根拠などなく、このひとを守らなきゃ、という感情が勝手に湧き出る。

「そんなことないですよ。翔大くんは、すごく嬉しそうに父親の話をしますよ。きっと自慢の父親です」

父と目が合う。驚いたような感嘆したような、そんな表情をしていた。

「いや、俺は……俺は何もやれてない。何もしてあげられてないよ、あの子に。それに、柚子にも」

「わたしは……」

わたしは短く息を吸う。

「わたしにはあの家があります。お父さんからもらったあの家に、今のわたしの全てが詰まっています」


仲直りをしたのかしてないのか、そもそも揉《も》めていたのか、いつから仲違いをしてきたのか、誤解は全部解けたのか、正直よくわからないが父とわたしの時間は終わった。初めての

2人きりの時間だった。それを望んでいたのか避けてきたのか、自分の気持ちなのによくわからないが、明らかに軽くなった足取りでわたしは帰路についていた。

あのあと父を橋田駅まで送った。父は逆にわたしを家まで送りたがったが、わたしはどうしても父を見送りたかった。少しずつ工事の進む橋田駅の改札で、父の背中を見送る。当たり前のような親子の時間がそこにはあって、すこしむず痒かった。

「ただいまです」

いつものように玄関の戸を開ける。家を出たときよりも靴が多く並んでいる。きっとみんな帰ってきたのだろう。

「おかえり〜、柚子」

遥香さんと楓さんがスーツ姿のままリビングから声をかける。リビングの引き戸は開いていて、ストーブの暖かな空気が玄関前の廊下まで届く。楓さんが定時に近い時刻に帰ってくるのは珍しい。

「お〜柚子。お風呂あったまってるよ」

那智さんが洗面所から髪の毛を拭《ふ》きながら出てきた。よかった。伝え損ねたけど、ちゃんと那智さんは先にお風呂に入ってくれていた。

「いいお湯だったー、柚子の入浴剤勝手に入れちゃった。ユズの香りの。あれ、紛らわしいね」

他愛のないいつもの会話に、胸がじんわりとする。

帰ってきたんだ、我が家に。

さっきまでの時間が嘘のように、日常がわたしを迎え入れる。安心感で涙腺が緩んだが今度は泣かなかった。

この先、めだか荘で過ごす時間はそんなに長くはない。だけどこの家で過ごした時間が確実に在ったことは、揺るぎのない事実だ。その事実があるだけで、人生が捨てたもんじゃないように思える。それに、いつか終わってしまうからこそ、人は大事にするんじゃないだろうか。

なにもなかったわたしだからこそ、余した空間に流れ込んでくれた愛しい時間たち。わたしはこの家で過ごした時間を忘れないだろう。

わたしには家族がいる。血の繋がりはないし、言葉で確認したこともないけれど、確かにここに、いる。

エピローグ

「こちらは先週の土曜日、リニア開通式のテープカットの映像です。ついに夢の、リニアモーターカーの開通によって、東京名古屋《なごや》間はおよそ40分で往来ができるようになりました！　開通式には谷川《たにかわ》総理大臣も出席し……」

32型のお世辞にも大きいとは言えないテレビから、ニュースの映像が流れ、明るい女子アナウンサーの元気な声が聞こえる。ちょうど1週間前に開通したリニアの開通記念式典の映像だ。今週、この映像がテレビでひっきりなしに流れていたので、もう見るのは何回目だろうか。テレビだけでなく、渋谷の電光掲示板でも見たし、スマホの動画サイトでも相当な数、目にした。それはもう、至る所で目にした。そのため、最初は近未来的なデザインでかっこいいと思っていたリニアも、何度も何度も駅のホームに到着する姿を見ていると、流石に見慣れてしまい、小さい頃遊んだプラレールのおもちゃにしか見えなくなった。

だが、わたしにとって――わたしたちにとって、このリニアの完成には大きな意味がある。

わたしは久しぶりに新調した洋服に袖《そで》を通す。リボンタイのブラウス。これだけでは少し肌寒い気がしたので、ブラウスの下にはヒートテックを1枚仕込んだ。

思ったよりも時間をかけて、リニアがついに開通した。時折ニュースで見かける橋田駅は私たちの知っている姿とは大きく変わっていた。駅には大きな商業施設が入って、最近流行《はや》りのお店が全部そこに入っている。行列のできるラーメン、変わり種のドーナツ、ビーガンのカヌレ、何周も回って再び女子高生の間で流行っているタピオカ……最近は夕方のニュースや土曜の朝のエンタメ情報番組でよく橋田駅を見かける。相当ホットな場所になっているようだ。

ニュース映像から今日の天気予報に変わった頃、ピロン、とスマホの通知が鳴った。顔認証で開くとそこにはラインが1件。

『じゃあ今日、15時に橋田駅で。あの改札のとこで良いかな?』

可愛らしい子供のアイコンから吹き出しが伸びる。すぐにピロン、とまた通知が鳴った。

『はーい』

さらにまた、通知が鳴る。

『大丈夫よー! 久々会えるの楽しみ』

わたしも慌てて、スマホの文字を打つ。

『了解です』

送信ボタンを押すと、すぐに既読が3ついた。

よし、と小さく頷《うなず》いてわたしはカバンにスマホを放り込む。薄手のコートを羽織り、玄関へ向かう。

「では、行ってきます」

橋田駅はかなりの人で賑《にぎ》わっていた。家族連れや、カップルや、学生たち。この中には、リニアに乗ってわざわざ遠くから来たような人もいるのだろうか。

改札を抜けて時計を見る。14時45分。しっかり集合時間の15分前に着けた。

一番乗りだろうと思っていたわたしの肩を、誰かがぽん、と叩《たた》く。

振り返ると、なにも変わっていない姿の女性がいた。

「柚子、ひさしぶり」

遥香さんだった。ベージュのチェスターコートにスキニー。肩くらいの長さだった茶髪のミディアムヘアは、ほんの少しだけ長くなり、セミロングになっていた。

「お久しぶりです。遥香さん、変わらない」

「いやー、柚子こそ変わってないよ。柚子はSNSやってないから近況とか全然知らないからさ、めっちゃ変わってたらどうしようかと思ったけど」

「すみません。ああいうのは苦手で」

「そっか。まあ柚子らしいわ」

しばらく遥香さんと他愛もない会話を続ける。どうやら遥香さんは以前の職場を離れて、今はアパレル関係の仕事をしているらしい。好きなことを仕事にするってのはいいもんだね、とはにかみながら言う遥香さんの顔からは、充実感が見てとれた。

15時ぴったりに那智さんが来た。改札の向こうの、ホームからの階段を上がってきたところから、一際美しいオーラを放っていたためすぐにわかった……のだが、その理由はオーラだけではない。その手には、しっかり熊手が握られていた。

熊手とブルーのロングコートがミスマッチで、わたしと遥香さんは思わず笑ってしまう。

「那智！　熊手でっかくなったねー」

遥香さんが笑いながら那智さんに手を伸ばす。確かに、わたしたちがあの日一緒に購入した熊手の二回りも三回りも大きくなっている。

「いやー、でかいでしょ。大きさだけ立派になっちゃってさあ」

「近所のところで交換してたの？」

「そうそう。今年はようやくちゃんと古巣で交換できるよ。流石にそうなったらご利益あるかな？」

那智さんの出演したネットリーダスのドラマは、公開された直後から、日本中で話題になった。何週にもわたり、視聴ランキングの上位を獲《と》っていた。世界でも、たくさん見られていたと思う。だけど——それによって那智さんが爆発的に売れることは、なかった。

「ごめーん！　遅くなった」

5分ほど遅れて、最後のひとり、楓さんが到着した。

「子供がグズってさ、1本遅いのしか乗れなかったの！　ごめんね」

「全然だよ。真由《まゆ》ちゃん、大きくなった？　何歳だっけ？」

「ん、5歳だよ。だけどグズったのは下の2歳ね」

「泰生《たいせい》くんか」

「そうだよー、もう大変。大事件だったね。とりあえず健太にパスしてきたけど心配だわ」

「ママは大変だね……」

遥香さんが尊敬の目を楓さんに向ける。全然、とでも言うように楓さんが手のひらをヒラヒラさせた。

「よし、じゃあ行きますか」

熊手をもった那智さんが号令をかける。すると不思議なことに、熊手は鳩バスツアーのフラッグに見えた。


賑わいを見せるショッピングモールがある方とは真逆の西口も、土曜日ということもありかなりの賑わいを見せていた。加えて今日は酉《とり》の市。最初は熊手を持っている那智さんは目立つなあ、と思っていたが、よく見ると他にも熊手を持っている人がたくさんいた。

鷲丸神社は、鳥居を新しく作り直したらしく、綺麗《きれい》でピカピカした鳥居を自慢げに見せつけていた。神社に向かう道中、わたしの大好きだった公園の前を通った。その公園にはあのときと同じ、錆《さ》びたリスやパンダの置物が置いてあって、わたしを安心させた。

境内を4人で歩く。そうしていると、確かに年月は経っているのに、あのときとなにひとつ変わっていないような気がしてくる。

「確かここだ」

那智さんが、以前熊手を購入した場所の前で立ち止まる。驚いたことに、あのときと同じ店員さんが立っていた。向こうはさすがに何百人も何千人も毎年相手にしているので、覚えてはいなそうだったが。

初めて熊手を購入したときよりもスムーズに、那智さんがさらに一回り大きな熊手を購入する。しかも店の人と値段の交渉までしていた。そして交渉して安くなった分は、お店の人に渡していた。わたしが不思議そうに見ていると隣で楓さんが「どうやら値切るのが粋《いき》らしいよ」と教えてくれた。

前回はなんだか恥ずかしくて、小さくしか打てなかった三三七拍子も、今日は大きく打った。那智さんのお仕事がうまく行きますように、という願いと、こっそりこの場にいる4人の幸せも願った。

その流れでわたしたちはベビーカステラを買うことはせず、那智さんの当時の行きつけだった赤提灯《ちょうちん》系の焼き鳥屋に向かった。わたしは行ったことはないが、楓さんはあるらしい。

再開発区域ではなかった西口側は、今やレトロな雰囲気を醸し出す店が多く昭和の商店街のような趣を感じる。以前の橋田駅東口側のような。生まれ変わってしまった東口の遺志を継ぐかのように、古き良き日本を演出してくれている。

那智さんが慣れた手つきで暖簾《のれん》をくぐり店に入る。店内は炭火の煙で少しけむかった。

「4人で。あ、ビールください。みんなは？」

席に着くよりも前に那智さんがオーダーする。急いでわたしたちもビール二つと烏龍茶を頼んだ。

「久しぶりに来たー。けど変わんない。安心するわ。2年しかいなかったけどなんかすっごい覚えてるんだよね」

席に着くなり出されたおしぼりで手を拭《ふ》きながら、那智さんが店内を見渡す。

殴り書きされたメニューが乱雑に壁に貼られている。それが邦画の世界観のようでわたしは気に入った。

「濃い2年だったもんね」

同じく手を拭きながら、楓さんが言う。

確かに、ここ橋田で過ごした時間は2年と短いが、人生のターニングポイントとも言えるような2年間だった。そう思っているのは、どうやらわたしだけではないらしい。

「後で家の方も行ってみる？　もう跡形もないだろうけど。変わっちゃったもんね、本当。まあわたしは何も変わらないけど。結婚もまだだし」

遥香さんが遠い目をする。同じ家に住んでいただけのわたしたち4人は、あの家を出てから、パッタリと会わなくなった。当然橋田にくることもない。お互いのためにわざわざ時間を作るということに慣れていなかった。最初の何年かはあけましておめでとう、と年明けにやりとりをしていたがそれもいつの間にかしなくなった。だがわたし以外の3人は、お互いSNSをフォローし合っていたようで近況などは把握しているらしい。

「焦るよね。さすがにそろそろ考えないとね、うちら3人」

那智さんがわたしたち3人の顔を悪い顔をして覗《のぞ》き込む。そうか、わたし、言ってないんだ。

「あの」

わたしは小さく手を挙げた。

「わたし、昨年結婚しました」

一瞬、ときが止まったように間が空いた。するとそれを埋めるように、店のおばちゃんがテーブルにどかっとジョッキ3つとグラスを置いた。

「ええ〜っ⁉」

全員が驚く。隠していたつもりはないが、少し罪悪感で胸が痛んだ。

「え、待って、ほんとだ、それ左手の薬指か……」

「指輪！　気づかなかった……」

わたしは控えめに光る、左手の薬指につけている指輪をこれまた控えめに掲げた。

「えっ、だれ⁉　誰としたの？　どんな人？」

遥香さんが机の上のジョッキとグラスをみんなの手元に運びながら問う。

「えっと、同じ、生島グループの別の子会社の方です。合コンで知り合って……」

「合コン⁉」

ドラマみたいに、嘘のように3人の声が重なる。カメラが回っていないことが勿体《もったい》無いくらいのリアクションだ。

「はい。あの家を出て、わたしも何か変わるぞ、と思って……」

「それで、合コン？」

「今までやったことのないことにちゃんと挑戦しようかと……」

わたしはめだか荘を出て、せっかくみんなと出会って変わりたいと思ったんだから、これを機に成長したい、と思い今まで避けてきたことに積極的に参加することにした。その中の一つが合コン――つまり知らない人との関わりだったのだ。

「うん、なんか真面目な柚子らしいわ。方向性間違ってる気もするけど」

楓さんがジョッキを自分の方に寄せながら言う。

「まあでも、結果としてそれで運命の人と出会えたわけだ。え、結婚式は？　したの？」

「しました」

「え、呼んでよ！　見たかった、柚子の晴れ姿」

遥香さんが不満そうに膨れる。そういえば、楓さんの結婚式で集まる話もあったのだが、めだか荘を出た楓さんはそのあとすぐに韓国に行ってしまい、帰国したと思ったら赤ちゃんができて、結婚式の予定は結局白紙になってしまった。

「家族だけで、本当に小さな規模でしたんです」

「そっか。じゃあ、バージンロード歩いたんだね」

「はい。父と、腕を組んで」

恥ずかしそうに話すわたしを、3人は柔らかい目線で見つめる。きっと、あのときの父とわたしのわだかまりを思い出しているのだろう。あの2年間がなければ、ここでみんなと出会わなければ、わたしはバージンロードを父と歩く選択を絶対にしなかっただろう。そう思うと、全ての偶然が奇跡のことのように思える。そして必然だったようにも。

「ささ、とりあえず乾杯しよう！　久しぶりの再会と、柚子の結婚を祝って」

楓さんの言葉で、みんなジョッキやグラスを手にもつ。その勢いでジョッキからビールのきめ細やかな泡が少しこぼれる。

「じゃあ、カンパーイ！」

活気溢《あふ》れるわたしたちの声が、店内に響き渡った。

本書は書き下ろしです。
この物語はフィクションであり、
実在の人物・団体とは一切関係がありません。

装丁　西村弘美
装画　丹地陽子

北原里英（きたはら　りえ）
女優・タレント。1991年６月24日生まれ、愛知県出身。血液型Ａ型。アイドルグループ・AKB48の第５期生。愛称は“きたりえ”。2008年、AKB48のシングル「大声ダイヤモンド」で初選抜入り。11年より派生ユニット・Not yetとしても活動。その後、フジテレビ系リアリティ番組『テラスハウス』や、同局ドラマ『家族ゲーム』、映画『サニー／32』などに出演。15年、NGT48に移籍し、キャプテンを務める。18年４月、NGT48を卒業。
卒業後は舞台やドラマにも多数出演し活躍している。

おかえり、めだか荘《そう》

2023年８月30日　初版発行

著者／北原里英《きたはらりえ》

発行者／山下直久

発行／株式会社KADOKAWA
〒102-8177　東京都千代田区富士見2-13-3
電話　0570-002-301（ナビダイヤル）

印刷所／旭印刷株式会社

製本所／本間製本株式会社

●お問い合わせ
https://www.kadokawa.co.jp/（「お問い合わせ」へお進みください）
※内容によっては、お答えできない場合があります。
※サポートは日本国内のみとさせていただきます。
※Japanese text only

定価はカバーに表示してあります。

ISBN 978-4-04-112358-4　C0093